「すごい……課長のおっぱい、こんなに大きいんですね。
誰かに育ててもらったんですか?」
「な、……なに、言って……!」
illustration by CHIHARU NARA

発《はつ》育《いく》乳《ち》首《くび》

秀 香穂里
KAORI SYU

イラスト
奈良千春
CHIHARU NARA

Lovers Label

C O N T E N T S

序章

……ジンジンする。

甘痒《あまがゆ》く、少しでも身動《みじろ》ぎするとぴりっと痛みが走るぐらいなのに、「動くな」と命じられて、桐生義晶《きりゅうよしあき》はびくんと背筋《せすじ》を震《ふる》わせる。

「乳首《ちくび》への接着面が少し足りないようだな……吸《す》い付きを強くしないと」

ぐっと親指で器具を押されて、乳首を吸い上げる力が増して呻《うめ》く。

「も……う、やめ、ろ……」

「だめだ。もう少し頑張れ。装着してから四十秒か。吸い付きはどうだ？　感じるか？」

「か、感じな……っ」

「おまえの意地《いじ》っ張《ば》りを聞いてるんじゃない。正直な意見だけよこせ。気持ちいいのか、ただ不快《ふかい》かのどちらかしかないだろう」

断定的に言われて、桐生は顔を歪《ゆが》める。仕事から帰ってきたばかりのところを同居人の坂本《さかもと》裕貴《ゆうき》に捕《つか》まえられ、リビングのソファに押し付けられた。

毎度のことではあるもののしばし揉《も》み合い、結局一日の疲《つか》れもあって完敗した桐生のシャツを開きながら、坂本は「よしよし、いい子だ。毎回のことなんだからそう暴《あば》れるな」と勝手なことを言って奇妙《きみょう》な器具を胸に取り付けてきた。

吸盤《きゅうばん》、みたいなものだろうか。

両の乳首を覆《おお》うものは直径三センチほどで真っ黒なシリコン製だ。それを乳首にかぶせて突端《とったん》のつまみをねじると、中の空気が抜け、乳首を吸い上げるという仕組みになっているらしい。

きゅうっとひねられて吸引力《きゅういんりょく》が増し、桐生のそこはますますジンジンして熱い。

桐生の美貌《びぼう》が押し寄せる快感《かいかん》に歪む。

有能なサラリーマンらしく清潔《せいけつ》に、生真面目《きまじめ》に整えたヘアスタイル。細面《ほそおもて》で目尻《めじり》は鋭《するど》く、鼻梁《びりょう》は作り物のような美しさだ。

なんと言っても薄めのくちびるが色っぽいと社内で評判《ひょうばん》だけれど、そんな美貌を以てしても坂本相手には通じない。

「あ、あ、っ、やめ……っ、あつ、い……っ」

「いいのか？　不快か？」

「っく……！」

答えに惑《まど》っていると坂本がなんでもない顔で桐生の股間《こかん》に手をかぶせ、中で張り詰めているものを確認する。

「うん、勃起《ぼっき》してるな。だとすると感じているわけだ。そうならそうと『いい』って一言言えばいいだけだろう。相変わらず面倒《めんどう》だな、おまえは」

「だ、誰が言うか……！　あ、やだ、やめっ、んん……！」

するっとスラックスの前を開けられて性器を剝《む》き出しにされ、とろりとした蜜《みつ》を垂《た》らす亀頭を親指と人差し指を使って捏《こ》ねられたあと、竿全体をぐしゅぐしゅと擦《こす》り上げられる。

その間も乳首を吸い上げる力は弱まらず、いたずらにピンとシリコンごと弾《はじ》かれると、じわ……と背筋が撓《たわ》むほどの快感が襲《おそ》ってくる。

嘘《うそ》だ、こんなの間違ってる。

乳首を弄《いじ》られて感じるなんて男じゃない。性器を擦られるのとはわけが違う。坂本の手つきは慣れたもので、桐生の感じるポイントを的確に探り当て、追い詰めてくる。ただし、そこに愛情は感じられない。

自分の作った器具でどれぐらい桐生が昂《たか》ぶるか、実際に性感帯を開発できる商品になり得るのかということが知りたいだけなようで、その目は冷静だ。

痴態《ちたい》を晒《さら》し、はあはあと息を乱れさせる桐生とは雲泥《うんでい》の差で、冷めた顔をしながらも熱い手で痛いほどに勃《た》ったペニスを扱《しご》く。

ぴくん、とペニスが淫《みだ》らに揺れて先端《せんたん》が期待にふくらむ。それを感じ取り、坂本は乳首を覆う吸盤をいよいよ強くひねって吸い上げを強めた。

「ん、う、ん、だめ、っ、だめだ……イく……っ」

「いいぞ、このまま出せ」

「あ、あぁっ、あ……っ！」

口元に拳《こぶし》をあてて腰を震わせた桐生は絶頂に達し、体内が引き絞《しぼ》られるような射精感に呑《の》み込まれていく。坂本の手に握《にぎ》られたままだから思いきり扱かれ、白濁《はくだく》を搾《しぼ》り取られる。

乳首はズキズキしたままだ。

前を汚《よご》したままシリコン製の吸盤を取り外されると、じわあっと熱がそこから全身に広がっていき、またもゆるい絶頂が襲ってくる。

射精後の鋭い快感に苛《さいな》まれた身体を包み込むような温かな愉悦《ゆえつ》に声を失っていると、坂本は「よく頑張ったな」と口の端《はし》を吊《つ》り上げ、脇《わき》に置いていたタオルで軽く手を拭《ふ》き、タブレットPCになにやら打ち込んでいる。

時折《ときおり》、癖《くせ》の強い髪をかき回しながら機嫌《きげん》よさそうにキーを叩《たた》いている坂本は、手入れさえ怠《おこた》らなければ結構いい男だ。

精悍《せいかん》な相貌《そうぼう》だし、がっしりとした顎《あご》にまばらに生える無精髭《ぶしょうひげ》も男っぽい。セル縁のボストン眼鏡《めがね》が彼に理性的な印象を与えていた。

眼鏡がなければ、ただのぼさぼさ頭のだらしない男に見えるだろう。

自分の研究にしか興味がなくて、シャツもジーンズも大学生時代からずっと着ているものだ。

十年も同じ服を着ていてよくも飽《あ》きないなと感心するが、坂本にとってはまったく苦ではない

らしい。

同じようなシャツ、同じようなジーンズに靴下を数セットそろえ、ローテーションしている。洗濯はまめにしているから、清潔なのだけが救いか。

「もう風呂入っていいぞ。メシの用意はしとく」

「……」

帰宅して数分もしないうちにイかされて、まだ身体に力が入らない。

坂本とは大学生のときに知り合った仲で、もう十年近い付き合いになる。

ひょうひょうとした態度で顔の造作もいいのだが、いかんせん身なりに無頓着だし、独り言も多い彼に近づく者は少なかった。

在学中は互いに理工学部に在籍し、桐生はコンピュータネットワークについて、坂本は人工知能について深く広く学んでいた。コンピュータの最新技術を学んでおけば、どの業界に行っても食うに困らないだろうというのが桐生の考えだ。

身なりのだらしなさはとは裏腹《うらはら》に鋭い目を持つ坂本とは、よく学食で会う仲だった。当時から変人として有名だった彼はどこのサークルにも所属《しょぞく》しておらず、学内には友人がひとりもいないと誰もが思っていたのだけれど、学食で桐生と目が合うときだけかすかに微笑《ほほえ》んだ。あれはなぜだったんだ、とあとから訊《き》いたら、『清楚《せいそ》な顔をして淫乱《いんらん》そうだったからな』と身も蓋《ふた》もない答えが返ってきて目を白黒させた。

どういう言い草だと問い詰めようとした桐生をさらりとかわし、どうにも摑《つか》みきれない坂本はそのまま桐生の数少ない友人の座に居座った。

彼の頭のよさは飛び抜けており、卒業したらどこかのシンクタンクへ、そう思われていたのに、周囲の期待を一蹴《いっしゅう》し、『俺に組織住まいは無理だ』と、突如猛然《とつじょもうぜん》と研究を始めた坂本が進んだのはラブグッズ――いわゆる大人のおもちゃの世界だった。

ＡＩへの知識を深めていたのはそのためだったのかと啞然《あぜん》として問えば、坂本は『さあな』とくちびるの端を吊り上げていた。食えない奴だ。

あれから十年。

不毛な十年。

大学卒業と同時に実家からの仕送りを打ち切られた坂本が、桐生の住まいに転がり込んできて約十年。

桐生は毎日、坂本にイかされ続けている。

恋人でもなんでもないのに。

こっちが一方的に好きなだけなのに。

「それでは、グランピングプロジェクトの好調なスタートを祝《しゅく》して乾杯《かんぱい》！」

「カンパーイ！」

あちこちでグラスが触れ合う音がする。上座《かみざ》に近いところに座った桐生も周囲と乾杯し、最後に隣に座った男とグラスを軽くぶつけた。十一月に入ったばかりの夜、店内は賑やかな声で満ちている。

「桐生課長、本当にお疲れ様でした」

「いや、まだ始まったばかりだろう」

「でも、課長の念入りな準備があったからこそ、うちのグランピングプロジェクトはこのブームのトップに立てたんですよ」

やっぱりすごいなと素直な賞賛《しょうさん》を口にするのは、桐生よりも四つ下の叶野廉《かのうれん》だ。高校時代から山岳部《さんがくぶ》に所属していたというだけあってがっしりした身体つきで、いつも朗《ほが》らかだ。

直属の部下としてよく働いてくれる、頼れる存在。明るめの髪に雄《おす》っけの強いまなざしがよく似合っていて、怜悧《れいり》な美貌を持つ桐生と並んで立つと部署内の視線を一気に集めるぐらいだ。

若々しい顔立ちに紺《こん》のネクタイがぴたりとはまっている。

桐生と叶野が勤めているのは、中堅《ちゅうけん》の貿易《ぼうえき》会社の国内イベント兼《けん》雑貨部門だ。

誰もが知るというほどの大手ではないけれど、そのぶん小回りが利き、世間の新しいニュースに敏感《びんかん》に立ち回れるという自負がある。大学時代、ネットワークについて真摯《しんし》に学んだ成果は実を結び、この会社で誰よりも新しい情報を手に入れてくるのは桐生だった。

グランピングというのは、近年アウトドア愛好家の間で人気の新しい体験型旅行だ。魅惑的《みわくてき》――グラマラスとキャンピングを掛け合わせた造語で、テント設営や食事の支度といった煩雑《はんざつ》な作業を取り除き、快適《かいてき》で贅沢《ぜいたく》なキャンプテイストの宿泊体験ができるという欧米《おうべい》からのブームが日本にも流れてきた。

大きなテントの中には寝心地のよいベッドが用意され、落ち着いた色合いのクッションやマットまである。ホテルのスイートルームの一室をテントの中に模《も》した、とでも言えばいいだろうか。

宿泊客は野外に設置されたテントやハンモック、ロッキングチェアでくつろぎ、昼は近くの川でカヌーや釣《つ》りを楽しみ、夜は施設側が用意してくれたバーベキューを楽しむ。運がよければ、満天の星つきだ。

日本では数年前に大手リゾートホテルチェーンがグランピングの名をつけてサービスを提供し始めたことで、そのブームがじわじわと広まっていった。

キャンプはしてみたいけれどテントの設営が苦手とか、バーベキューをもっと気楽に楽しみたいという層に向けたプランだ。

新しいサービスが生まれたら、いち早くキャッチし、そこになにが必要かをリサーチして、さまざまなアイテムを取り寄せるのが桐生たちの仕事だ。

今回のプランは、イベント兼雑貨部の課長である桐生が草案《そうあん》を立て、個人経営のホテルに新しいサービスとして、グランピングを始めてみないかというアイデア提供からスタートした。

関東周辺で言ったら、千葉、栃木に群馬、長野、山梨あたりがターゲットだ。

登山か、本格的なキャンプを楽しむひとびとが赴《おもむ》く場所にあるホテルは、都会の喧噪《けんそう》を離れ、しばしの休息を取るのにうってつけだが、森林浴か川遊び、サイクリング以外することがないと言えばそれまでだ。

そこで、もう少しサービスを広げ、ゴージャスなアウトドア体験を、ということでグランピングの登場だ。

大型テントは北欧製《ほくおうせい》。内部を彩《いろど》る小物も選び抜いたこだわりの逸品《いっぴん》でまとめる。

イメージを変えたいホテルにとってはそれなりに大きな出費となるが、建物を改装《かいそう》せずとも、敷地内にテントを建てればＯＫという気軽さもあって、桐生がチョイスした寝台やランプ、テーブルにハンモックといった品々を含んだこのグランピングプロジェクトに次々参加してくれた。

企画の第一ハードルである五軒《けん》のホテルとの契約が結べたことで、今夜打ち上げが行われることになった。六本木に会社があるので、食べるところには困らない。

今夜はざっくばらんにみんなが楽しめる居酒屋だ。

十名以上いるので個室を借り切り、桐生は挨拶《あいさつ》を終えたあと一番奥の目立たない場所に移動した。プロジェクトリーダーだからこそ、打ち上げの場ぐらいではくつろぎたい。

「それにしても、桐生課長の敏感な感度、本当に尊敬《そんけい》します。つねに俺たちの二歩先を行ってますよね」

ビールのお代わりを注《つ》いでくれる叶野がにこにこと話しかけてくるので、桐生もほっと息をつき、グラスを呷《あお》る。

「仕事に打ち込むぐらいしか能がないんだ、私は」

「またまたそんなご謙遜《けんそん》を。桐生課長が部内で誰よりも新情報に強いひとだっていうのは全員が認めるところです」

やわらかながらも熱を込めた視線を向けてくる叶野に、照れくささも手伝って身動ぎする。

上司を敬愛《けいあい》する叶野こそ本当によくできた部下で、今回の企画では見事な補佐をしてくれた。

人気のポーランド製テントが品切れしていると聞けば、遜色《そんしょく》ない類似品を素早く探し出してくれたり、バーベキューセットも、ホテルのランクによって豪華《ごうか》なものから手が出しやすい価格帯のものまで幅広くピックアップしてくれた。

「この企画がうまくいった半分はきみがサポートしてくれたおかげだ、叶野。本当にお疲れ様」

「ありがとうございます。課長のお役に立てたなら、これ以上嬉《うれ》しいことはありません」

相好《そうごう》を崩《くず》す叶野は、さも美味《おい》しそうに喉《のど》を鳴らしてビールを飲み干《ほ》している。

そうかと答え、桐生もグラスに口をつける。

仕事しか能がないんだと言ったのは謙遜でもなんでもなく、本当のことだ。

家のことはすべて坂本がこなしている。あいつが転がり込んできたとき、『うちのことは俺に任せろよ』と言ったのだ。ただし俺は一銭《いっせん》も稼《かせ》げないけど、なんて付け加えて。

典型的な駄目男《だめおとこ》だと思うが、そういう奴を好きになったんだから、もうしょうがない。

学生時代、勉強ばかりしていた桐生にとって、奔放《ほんぽう》に振る舞い、ずけずけとプライベートゾーンに立ち入ってくる坂本は、驚《おどろ》きと脅威《きょうい》の対象でしかなかった。

学食できつねうどんを啜《すす》る姿を数日眺《なが》めたあと、『今日は天ぷらうどんが食べたいんだが、金が足りないんだ』と言われ、そのあとは『鍋焼《なべや》きうどんが食べたいんだ』と言われ、いつしか夕食を食わせてくれ、風呂を貸してくれ、そしてとどめには家に住まわせてくれと来た。

潔《いさぎよ》いまでに図々《ずうずう》しい男のどこに惚《ほ》れたかと言ったら、その自我の強さだ。こっちが驚いているのにも構わず、坂本は少ない荷物を持って上がり込んできて、『俺はこの部屋でいいから』と客用に空けておいた一部屋に陣取《じんど》った。

不動産業を営む家に生まれ、幼い頃から裕福な暮らしを享受《きょうじゅ》してきた桐生は、大学入学をきっかけに独り立ちしてからも、学生には少し不似合いなぐらいの高級マンションに住んでいたので、空き部屋もあったというわけだ。

ちなみに家業は二歳下の出来た弟が継いでくれることになっているので、自分は世界中の品々を好きなように見て回り、自由に仕事をしている。

山のような商品、イベントから、これぞというものを掘《ほ》り出す時間がたまらなく好きだ。なにかないだろうか、これはどうだろうと夢中になっている間は寂《さみ》しさを忘れられるから。

いい大人になってまでも、桐生は空っぽなこころを胸に抱えていた。幼い頃から申し分のない暮らしをしてきたけれど、忙《いそが》しい両親はささやかな愛すら与えてくれなかった。

子どもたちは使用人と家庭教師任せ。綺麗《きれい》なシャツを着ていつもきちんとしていることが求められた。厳《きび》しいというより、放任的な両親だった。

構ってもらえない寂しさを誰かに求めたかった。弟を溺愛《できあい》しようかと思ったが、彼は自分よりもうまく立ち回る術《すべ》を知っていたし、ドライにできていた。

家庭内で愛されなければ外で、ということをちいさな頃からわかっていた弟は早熟で、中学生の頃にはもうとっくに彼女がいた。家族と言っても赤の他人のような関係がこのまま続くのならばと決心をし、大学入学をきっかけに家を出た。

独身貴族《どくしんきぞく》。

そう言えば聞こえはいいだろうが、実際のところは家事全般《ぜんぱん》がてんで駄目で、今もって洗濯機の使い方がよくわからない。

家に帰れば同居人の坂本が掃除《そうじ》も洗濯も料理もしてくれたうえで、研究途中の奇天烈《きてれつ》な器具を持って迫《せま》ってくる。

だけどふたりは恋仲にならない。

坂本の頭にあるのは研究のことばかりだからだ。

あいつは変人だ。そういうところが好きなんだけど。

内心ため息をつく。

理解できないからこそ惹《ひ》かれてしまう。

己《おのれ》のひずんだ性癖《せいへき》を嗤《わら》いながら煙草《たばこ》を口の端に咥《くわ》え、火を点ける。

ありがたいことに喫煙《きつえん》可の居酒屋だし、周囲もスモーカーが多い。それでも一応気を遣って顔を脇に向けて煙《けむり》を吐《は》き、再び吸《す》い込む。

ビールと煙草と美味しい食事。言うことなしだ。

「五軒行けたんだから、次は五十軒契約と行きたいところですね」

「大きく出たな。一時のブームで終わらないように気を配らないと」

「確かに。今はどこのホテルも新しいサービスを模索《もさく》していますもんね。老舗《しにせ》や有名グループはともかく、個人経営ホテルにとっては厳しい時代です。立地には恵まれていても、それ以外に呼び物がないと客が来ない」

熱々の鶏《とり》の照り焼きを取り分けてくれた叶野が、桐生の前に皿を置く。

「温泉地でもない山中のホテルは先行き不安ですよね。美味しい食事なり、風呂なりでなんとかもてなしても、あと一歩魅力《みりょく》に欠《か》ける」

「静かな場所でゆっくりしたい、非日常を味わいたいというひとは昔も今も多いんだ。山中のホテルはたいがい敷地に恵まれている。そこをうまく利用して、グランピング用のテントを設置できれば新しい引力になる」

「ですね。そういえば、課長はキャンプの経験が？」

問われて、ちょっと困った。

「いや、じつは未経験なんだ」

「えっ、そうなんですか」

「うん。旅行自体は好きだが、キャンプはしたことがない。ただ楽しそうだとは思う」

「学生の頃も？　ちいさかった頃とか」

「ないな。家族旅行というと海外に行ってしまうほうだったから」

「ああ……裕福なご家庭だったんですね」

感心したような顔の部下に煙草を消し、照り焼きを咀嚼《そしゃく》しながら、「そういうのでは……」と口を濁しつつも、「面倒だったんじゃないかな」と言い直した。

衣食住なにひとつ困らない暮らしだったが、寂寞《せきばく》たる雰囲気《ふんいき》はつねにあった。広い家の中は使用人しかおらず、すうすうしていたものだ。

「両親ともに仕事で忙しかったから、年に一度の旅行はつき合いの長い業者に任せてパッケージしてもらって、家族仲の埋《う》め合わせみたいにしていたところがあった。寂しいものさ」

ふっと鼻で笑うと、叶野はしばし口をつぐんだあと、つまみのお代わりを取ってくれる。

「手間はかかるけど、楽しいですよ。最近はソロキャンパーも多い時代ですし、専用の道具も増えましたしね」

「叶野は確か山岳部出身だったな」

「ええ、高校時代からずっと。もともと父親が大のアウトドア好きで、ちいさい頃からよく車にカセットコンロやテントを積んであちこち出かけてたんですよ。本格的にテントを立てなくても、川沿いにレジャーシートを敷いてカセットコンロでラーメンを作るだけでも楽しいんです。外で食べるインスタントラーメン、めちゃくちゃ美味しいですよ」

朗らかに笑う叶野が次々に料理を取り分けてくれる。気の利くいい男だ。

「ありがとう。きみのこういう細やかさに私は助けられている」

「課長の計画が完璧だから少しでも力になりたくて」

まこと忠臣《ちゅうしん》らしい言葉に苦笑し、「それほどのものではないよ」と料理に箸《はし》をつけた。煙草を吸った直後だから舌がやや鈍《にぶ》っているがそれでも美味しい。

自分ではろくに作れないくせに舌は肥《こ》えていた。実家では腕のいいシェフが毎日食事をこさえてくれていたし、今は坂本がいる。

坂本の作る料理はけっして見目麗《うるわ》しいものではない。

大皿料理ばかりだ。肉野菜炒《いた》めとか唐揚《からあ》げとか餃子《ギョウザ》とか。基本フライパンひとつで終わるメニューだ。もしくは鍋とか。

しかし、不思議と美味しいのだ。

本人に、凝《こ》った料理を作ろうという意思があまりないせいではないか。

口に入ればいいレベルの味つけなのだが、仕事柄、外食の多い桐生にとって、大雑把《おおざっぱ》でも素《そ》朴《ぼく》な味がする食事はほっとした。変人坂本の少ない美点だ。

「もっと食べます?」

「いや、そろそろ満腹だ」

「ですよね。あー、美味しかった。部長が選ぶお店ってやっぱり最高ですよ」

叶野が満足そうに腹をさすっていると、背後に誰かが立つ気配がする。

「お腹は満たされたかな、ふたりとも」

「あ、桑名《くわな》部長。いやもう、いますぐメタボになりそうなほど美味しかったです」

「ふふ、叶野くんはまだそんな年じゃないだろう」

穏《おだ》やかに笑う紳士《しんし》は、上司の桑名守《くわなまもる》だ。

三十九歳と部長職にしては若いのだが、落ち着きがあり、大人の男としての貫禄《かんろく》がある。桐生がスリーピースを日々着こなすようになったのは、桑名の影響《えいきょう》が大きい。

今日もダークグレイのスリーピースに、秋らしいボルドーのストライプタイを合わせている。タイピンは渋みのあるゴールドで、馬蹄《ばてい》のチャームがついていた。

幸運のお守りである馬蹄のタイピンを、桑名はよくつけている。

貿易業という、ブームや品々が移ろいやすい業界において、なにかに願いたい気持ちはよくわかる。

「そのタイピン、本当に素敵です」

「うん、気に入ってるんだ。しつこく使ってしまうのが僕の悪い癖なんだけどね。他にもいろいろあるんだが、今日は、という日はついこれを使ってしまう」

「今日の打ち上げは部長にとって大事な日だったんですか?」

いたずらっぽく叶野が訊けば、「そりゃもう」と桑名は顔をほころばせる。

「きみたちのようなよき部下が骨身《ほねみ》を削《けず》って働いてくれたおかげで、新プロジェクトが好スタートを切ったんだ。目一杯《めいっぱい》お祝いしたいから、一番気に入りのスーツにネクタイ、タイピンを選んできたんだよ。ふたりとも、お疲れ様」

そう言って叶野と桐生の間に立った桑名はビールを順々に注いでくれる。

「ありがとうございます。部長も」

「うん」

卓の中央から新しいグラスを取り、ビールを注いで桑名に渡す。三人でグラスを触れ合わせ、「お疲れ様」、「乾杯！」と美味しい泡《あわ》を飲み干す。

「ふたりともビールぐらいじゃ酔《よ》わないだろう。日本酒はどうかな？」

「いいですね。課長も飲みます？」

「少しなら」

酒にはあまり強くないのだが、味が好きだ。ふわふわ酔う感覚もいい。

変人坂本は酒嫌いだ。アルコールの匂いをさせて帰るとわかりやすく機嫌が悪くなる。食わせてやっている男の顔色を窺《うかが》うのもなかなか頭に来るので、今夜はすっきりした辛口《からくち》の日本酒を飲んでしまうことにした。

ちょっと舐《な》めただけでも美味しい。口当たりはいいが、かなり強い酒だ。気をつけないと足腰が立たなくなるかもしれない。

酒をちびちび飲み、隣に腰掛けた桑名と今回のプロジェクトについてあれこれ交わす。企画の現場指揮《しき》を執《と》ったのは桐生だが、ゴーサインを出してくれたのは桑名だ。

物わかりがよく、知識も幅広い。

たぶん社内一鷹揚《おうよう》で懐《ふところ》の深い人物ではなかろうか。

桐生が次々に提出するアイデアを素早く精査し、たいていの場合「いい出来だ」と言って背中を押してくれる。話しやすく、頭の回転も速い。上司としては申し分ない男だ。

「叶野くんもよく頑張ってくれた。桐生くんはなにごともスピーディだから、なまなかなことではついていけないと思うが、きみの反応は抜群《ばつぐん》だ。いいコンビだね」

「お褒めにあずかり恐縮《きょうしゅく》です。でも、課長の指示が的確なだけですよ。俺はそれに従っているだけ。特別なことはしてないです」

照れたように頭をかく叶野に桐生は微笑み、「部長の言うとおりだ」と言い添える。

「私は放っておくとどうしても個人プレーに走りがちだから、叶野のように気配り上手な奴がいてくれると本当に助かるんだ」

「ちょっと気難しいところがあるんだよね、桐生くんは」

桑名が可笑《おか》しそうに肩を竦《すく》める。

「見てのとおりの美貌だ。簡単には近づけないし、遠くからそっと見守っていたい気もする。だが、それでは仕事にならない。そういう点、度胸があって気の利く叶野くんは部下として適任だよ。ポーランド製のテントが在庫切れになっていたとき、だったらとノルウェー製でよいものを探してきてくれただろう？　しかも短時間で。きちんとアンテナを張り巡《めぐ》らせている証拠《しょうこ》だ」

「もう、部長にそこまで言われると嬉《うれ》しすぎて酔い潰《つぶ》れちゃいますよ」

豪快《ごうかい》に日本酒を空ける叶野だが、彼はザルだ。いくら飲んでも酔わないし、顔にも出ない。

酒席で悪酔いをした場面など一度も見たことがないんじゃないだろうか。

そこが桐生にとっては羨《うらや》ましい。

この仕事柄、取引先との会食が頻々《ひんぴん》とあり、酒を酌《く》み交わすのはしょっちゅうだ。ビールとワインぐらいならなんとかなるが、日本酒が出てくると途端《とたん》に駄目になってしまう。今夜も用心しなければ。

そこへ行くと、叶野はなんでもござれ、ひどいちゃんぽんをしても翌日はけろっとした顔で出社してくる。

「あー……いい気分です」

肩を揺らして叶野が寄りかかってきた。そして、くふんと仔犬のように鼻を鳴らす。

「いい香り……課長、これっていつもコロンかなにかつけてるんですか？」

「きついか？」

「ううん、すごく似合ってます。スパイシーで、底はほんのり甘くて……課長にぴったりだ。いいですね、男性が香りを纏《まと》うのも。今度俺にも似合う香りを選んでください」

「わかった」

強くあるために香るのだ。

なんのかんの言って第一印象は大事だから、見た目や香りには気を遣っている。スリーピースもつき合いの長いテーラーで誂《あつら》えているし、ネクタイなんか百本以上あるのではないか。

香りは学生時代からずっと同じものを使っている。

不快感を催《もよお》さない程度に手首の内側にほんの一、二プッシュするぐらいだが、時間の経過とともに凛《りん》とした香りから深みのある甘さへ変わっていくのが好きだった。

学生の頃は一プッシュするかしないかという程度だった。

坂本と最初に学食で顔を合わせたとき、『いい香りだな』と言ってきたのが未《いま》だに忘れられない。自分でも馬鹿だなと思うが、そんな些細《ささい》なことで好きになったのだ。

他人は桐生の外見に目を留める。

冷ややかな美しさを誇《ほこ》り、一見近づきがたいと思わせるところがたまらないらしい。思春期から異性同性問わず声をかけられてきたが、薄く忍ばせた香りに真っ先に言及《げんきゅう》してきたのは坂本が初めてだった。

もっとも、張本人はそのあときつねうどんに夢中になっていたけれど。ついでに、ともに倫《りん》理学《りがく》のゼミを取っていたので、『ノートを貸してくれ』とも言われた。

プラトンについて語る教授のゼミにも顔を出していた相手は、真面目に振る舞いつつも頭の片隅《かたすみ》では大人の玩具の研究に勤《いそ》しんでいたのだろうか。

坂本のことを考えると悪酔いしそうだから、無理に頭の片隅に押し込めた。今は打ち上げの場。仕事の面子《メンツ》がそろう場だ。

居住まいを正しておかなければと思いながら、手元の酒を呷る。

両隣に腰掛けた部下と上司に代わる代わる酌をされ、だいぶ酔いが回ってきた。

あまり度を超すと気分が悪くなってしまうから、いったんこのへんで、という感じで杯を空け、「トイレに行ってきますね」と立ち上がりかけたとき、膝《ひざ》ががくっと傾《かし》いだ。

これはまずい。

だいぶどころか、相当酔っている。最後の日本酒が効いたようだ。

危うく転びそうになったところを慌《あわ》てて叶野の肩に掴まり、踏《ふ》みとどまる。はずだったが、どたどたっと無様《ぶざま》に崩《くず》れ落ち、叶野に縋《すが》るかたちになってしまった。

「わ、課長、大丈夫ですか」

咄嗟《とっさ》に叶野が振り向き腰をしっかり支えてくれる。しかしそれと一緒に卓上のグラスがいくつか倒れ、もろに桐生の胸を濡《ぬ》らす。

「すまない……！」

バランスを崩して床に倒れ込んだ桐生に、叶野が「どこもぶつけてません？」と心配そうに顔をのぞき込んでくる。

「ああ、シャツもネクタイもぐっしょりだ」

叶野が慌てておしぼりを広げてあてがってくる。濡れて張り付いた感触が気持ち悪い。

アンダーウェアを着ていないので、肌にまで染みていた。

そこにおしぼりをあてられると、固く絞っているとはいえ余計に水分が広がってしまう。

「駄目だよ叶野くん、こういうときはハンカチでないと」

「あ、そうですよね」

桑名が大判のハンカチをジャケットの内ポケットから取り出し、そっとあててくる。

「す、……すみません」

「いや、思ったより酔っていたのかな?」

くすりと笑う桑名からハンカチを受け取り、叶野が真剣な顔で胸を拭《ぬぐ》ってくる。そのうち、

「一度シャツの前をはだけてもいいですか」と言いながら素早くボタンを外してくる。

「あ……っ!」

止める暇《ひま》もなかった。

ネクタイをよけられ、ボタンがぷつぷつっと上から順に四つほど開けられて、指一本動かせない。

躊躇《ためら》いもなく前をはだけられた瞬間、叶野と桑名の視線が一気に集中する。

「課長……」

「……これは」

「……ッ」

突き刺《さ》さる視線が痛くて咄嗟にシャツの前をかき合わせたのだが、一瞬のうちに四つの目が食い込んでしまった気がする——胸に。

個室の隅だから、桐生の秘密を知ったのは目の前のふたりだけだ。

たった一瞬。

だけど充分な時間。

「すまない、あの、……あとは自分でやるから」

上擦《うわず》った声で壁伝いに立ち上がる。

「課長」と追いすがってくる叶野を振り払い、よろけながら男子トイレへと向かう。

——見られた。

——知られた。

けっして知られてはいけない秘密を。

じわじわと肌の下から熱がこみ上げてきて、落ち着かないほどに疼《うず》く。

どうしよう、どうしよう。

変に思われただろうか。それとも、単に珍《めずら》しく思っただけだろうか。

トイレに入り、個室に飛び込もうとした寸前に、あとを追ってきた叶野に肩を摑まれた。

「課長、待ってください」

「なんだ」

「……さっきの」

ごくりと叶野が息を呑む。目元に朱《しゅ》を刷《は》いた彼のこんな顔を見るのは初めてだ。いつも明るく前向きな男が、少し興奮《こうふん》しているように見える。

「さっきの、見せてください」

低く、だけど強い口調で言われて声を失した。そのまま個室に押し込まれ、うしろ手にカシャリと鍵《かぎ》を閉められる。

壁に押し付けられた桐生は秘密を知られたことへの怯《おび》えと不安がない交ぜになり、ろくに身動きが取れない。

「ちょっと、叶野、ちょっと待て」

「待ちません。さっきの……確かめさせてください」

やはり興奮しているのだろう。

咎《とが》める隙《すき》も与えられず、シャツの前を遠慮《えんりょ》なしにはだけられた。

必死にもがいたのだが、ガタイのいい叶野の腕力には勝てない。

「く……っ」

歯軋《はぎし》りする桐生に構わず、壁に縫《ぬ》い止めたまま叶野はじっくりと裸の胸を見つめていた。

「すごい……課長のおっぱい、こんなにおっきいんですね」

「な、……なに、言って……！」

カッと頬《ほお》に熱が集まる。

「乳暈《にゅううん》がこんなに大きくて、熟《う》れてる……色も濃い。すげえやらしい……乳首もまぁるいですね。生まれつき……じゃないですよね？　誰かに育ててもらったんですか？」

「そんなわけないだろう……離せ！」

「嫌です」

きっぱり言った叶野は熱に浮かされたような顔だ。濃く、赤い乳暈は男にしては淫《みだ》らにむっちりと盛り上がり、乳首もぷるんとしている。

顔を近づけてきた叶野の吐息を感じて、ぴくんと勃つ乳頭は指で揉《も》み潰されるのを待ち望むかのようだ。

男にも乳腺《にゅうせん》があるので、縦にちいさなスリットが入っていることがわかるほどにふくらむ。

いたずらっぽく乳首を指で引っ張られると、スリットがむにっと開き、真っ赤に熟《じゅく》した奥が見えてしまう。

「なんだよ、このおっぱい……女よりエロい。男の乳首でこんなの初めて見ました。自分で弄《いじ》ってるんですか？　それとも誰かに弄られてるんですか」

今にも乳首にくちづけそうな距離で囁《ささや》かれ、ずしんと腰の奥が重たくなる。

昨日、坂本に射精させられた官能がまだ残っているようだ。

「触ってもいい……ですか？」

「い、嫌だ、駄目だ。やめてくれ……！」

「触りますね」

必死の抵抗を無視して、叶野は吸い寄せられるように両手をぐっと胸筋に食い込ませてきて大きく揉み込んでくる。まるで、女にするみたいに。

ぐっぐっと揉まれる叶野の手の真ん中で乳首がカチカチに硬く育っていくのが自分でもわかる。

「う、う、っ、ン……っ」

突然の刺激に嫌だと頭を振るものの、坂本に日々開発されてきた身体は正直だ。男の愛撫《あいぶ》を悦《よろこ》んで受け入れてしまい、次第に息が乱れ、視界も潤《うる》む。

「や、だっ……やめ……っ」

「声はやだって言ってないようですけど。なにその欲にまみれた声。課長……本当は淫乱《いんらん》だったんですね……知らなかった。いつも綺麗な顔してスーツに身を固めてるから、全然気づきませんでしたよ。こんなにエロい身体を隠してたなんて……。オナニーするときも乳首弄るんですか?」

思う存分胸を揉みほぐし、今度は乳首をきりっとつまみ上げてくる。

人差し指と親指でコリコリされて、ねじり、ひねられた尖りは充血し、男の胸にしてはあり得ないほどぷっくりしてしまう。

色味だって淫らだ。濃い緋色《ひいろ》で、いかにも男を知っていそうな。

「ふふっ、弄り続けてたらミルク出そう」

楽しげに言う叶野が身体を擦り付けてきて、桐生の股間にぐっと膝頭を押し付けてくる。

「ン……！」

「やっぱ感じてますね。そうですよね。ここまでやらしい乳首してて感じないとか嘘ですもんね。あーすっげ噛《か》んでみたい……ちゅうちゅうしてみたい。いいですか？」

「だ、だから、嫌だと言ってるだろう！　やめろと……！」

どうか冷静になれ、男相手だぞと声を荒らげるのに、叶野はびくともしない。

それが悔しくてせめて身体を離したくて腰をよじらせたのだが、余計にいいところを膝頭で擦られてしまって逆効果だ。

むくりと勃ち上がる下肢に気をよくした叶野が、ふうっと熱い息を乳首に吹きかけ、挑戦《ちょうせん》的《てき》に舌《した》舐《な》めずりしたあと、ぺろっと乳首の先端を舐め上げた。

「……ひっ……！」

びりびりっと全身を走り抜ける電流のような、怖いほどの快感に声が漏れてしまう。

舐められたのは、生まれて初めてだ。

坂本にしつこく触られてきたけれど、あくまでも彼が開発したおかしな器具を使ってのことだ。

大きく育っているか、実際に感じるかどうか指でつままれることはしょっちゅうだが。

熱い舌がひたりと這《は》い、ぴちゃぴちゃと音を立てて舐め回されると信じられないほどに鼓動《こどう》が激しく脈打《みゃくう》ち、全身がかっかと火照《ほて》る。

叶野の舌は大きくいやらしく濡れていて、丸っこくぷくんとふくらんでいる桐生の乳頭《にゅうとう》を難なくくるむ。

つんつんとつつかれ、桐生に見せつけるように舌先でせり上げられてしまえばひとたまりもない。

「あっ、あっ、や……ぁっ」

「もしかして舐められるの初めてなんですか。……じゃあ、こういうのは？」

「……ああ……っ！」

言うなりじゅうっときつく吸い上げられて、桐生は弓《ゆみ》なりに身体をしならせた。ごつんと後頭部が壁に当たる。

乳首が信じられないぐらいに熱く、つきつきと針で刺されるような快感が絶えず襲ってくる。強く強く吸われて、ぱっと離されると、じわん……と熱が身体中に染み渡っていき、今にもイきそうだ。

怖い。

乳首を舐められ、吸われただけなのにこんなに感じてしまうなんて。

「めちゃくちゃ快感に弱いんですね、課長」

くすくすと笑う叶野がちゅくちゅくと乳首をしつこく舐め回し、あーん、と大きく口を開いた次にがじりと根元を強めに噛んできた。

「く……ぅ……ッ！」

痺《しび》れるような快感が乳首から全身へとまたたく間に広がり、桐生の抵抗を奪う。

嫌だ、やめろと抵抗しなければいけないのに、坂本に開発された身体は今、叶野の手によって開花させられようとしていた。

「あ、っ、あぁっ、かの、ぉ……っ」

箍《たが》が外《はず》れたかのように叶野の頭を両手で摑み、髪をまさぐる。じくじくと炙《あぶ》られるような甘痒い刺激が乳首を覆っていて、今下肢を触られてしまえば、あっという間に射精しそうだ。

「乳首だけでこんなに感じるんなら、こっちはどうですか？」

「んん……っ」

スラックスのジッパーを引き下ろされ、下着の中に乱暴に手を突っ込まれる。そのままペニスを引き出され、完勃ちしていることがバレてしまった。

「はは、ぬるっぬる。こんなにトロトロさせちゃって……課長、乳首だけでイけたんじゃないんですか？」

「ち、ちが、それは……」

坂本ですらそこまでしたことはない。乳首に器具をつけて吸引力を試しながら、おざなりながらもペニスに触れてくれるが、桐生が達したあとはさっと身を離す。そこが叶野は違う。もっと先をしたいらしく、身体を擦《す》り寄せてくる。

「乳首だけじゃイけませんか」

「だから、ちがう、と……」

はあはあと息を途切《とぎ》れさせて、うわべばかりの抵抗を見せる自分の今の顔を鏡《かがみ》で見ることができたら、即刻《そっこく》、退職届を提出して明日から引き籠《こ》もるだろうと思うのだが、あいにくトイレの個室内だ。分厚い身体をした叶野がエロティックな指遣いでペニスを握《にぎ》り込む。

ぬるっとすべる感覚がするのは、多すぎる先走りがあふれているからだ。

「やらしく濡《ぬ》らしちゃって……そんなに乳首よかったですか？　がじがじしながら擦ってあげましょうか」

「く……うっ……」

「ねえ課長、俺、課長のこと大好きです。こころから尊敬してるのと同時にすごく好きなんですよ。いつかチャンスを狙《ねら》ってこの気持ちを打ち明けられたらいいなって思ってたけど……まさかこんな形で叶《かな》うなんて。ほら、やらしい汁がとろっとろにあふれてる。ココ扱《しご》きながらおっぱい舐めてって言って？」

「い、言えるわけ、な……っ」

はしたない言葉を詰《なじ》ろうとしても身体は熱くなる一方だ。坂本が淡々《たんたん》と開発した身体を、まさか部下の叶野に暴《あば》かれるなんて。

しかもこんなふうに淫らな言葉で責められるなんて。

間違ってる、間違ってると意識を背《そむ》けようとしても亀頭の割れ目を親指でくすぐられてしまって膝ががくがくする。

好きだという言葉は、敬愛をとおり越して恋愛の意味だろうか。ただ上司を敬《うやま》うだけならまさか身体にまで触れてこないだろう。

「言えますよ。だってこんなにエッチなおっぱい俺初めて見ました。胸ごとやらしくふくらんでて……乳首なんか熟れ熟れ。真っ赤なグミみたいだ。最初からこんなんじゃなかったんですよね。絶対誰かに弄られてるんでしょう?」

「ん――ん」

「妬《や》けますね……課長のおっぱいを吸うのは俺が初めてだと決めてたのに。……ま、いっか、吸われながらイったことはあります?」

ない、と必死に頭を横に振った。

こんなに乱れたことはない。坂本以外を知らない身体にこの愛撫《あいぶ》は酷《こく》だ。

坂本には数限りなく追い詰められてきたけれど、相手にその気がないからこっちも寂しく昂ぶるだけだった。

「じゃ、俺がしてあげます」

嬉しそうに再び乳首に吸い付く叶野が、ねっとりとペニスを扱いてくる。

ちゅうっと鋭く吸われたうえにペニスを嬲《なぶ》られ、しこる睾丸をこりこりと転がされる。

――ああ、駄目だ。駄目だそれ以上は。

「待って、待て……あっ、あぁっ」

「いい？　いいって言わないとやめちゃいますよ」

「ん、う、……っぁ……あぁっ……い、い……きもちい……っ」

一度声にしたら止まらない。恍惚《こうこつ》として桐生は呻く。

すごくいい、蕩《とろ》けそうだ。

早くイかせてほしい。

声を殺そうとしても難しく、両手で自分のくちびるを塞《ふさ》ぐしかない。

トイレで部下とふたり、淫らな行為に耽《ふけ》っていると、もしも他人にバレてしまったら。

そう思っただけできゅんと身体の真ん中に甘やかなしびれがとおり抜ける。

ただでさえ昨日の埋《うず》み火《び》が残っている身体に、ガソリンをぶっかけられたみたいな快感に抗《あらが》えるはずもなく、亀頭のくびれをぎゅうっと指で締め付けられながら扱かれた途端、びゅるっと精路を焼いてほとばしりを放ってしまった。

「あっ、あぁっ……！」

「こんなに出るんですね……もしかして溜まってました？」

「……ふ……ぅ……っは……ぁ……あぁ……」

奥の奥から熱いしずくが飛び出す。

叶野の大きな手で扱かれるたびにどぷりと濃い精液を放ってしまい、顔から火が出そうだ。睾丸が痛いぐらいに引き締まっていて、射精するたびに重く疼く。

本当は昨日、坂本に搾り取られた。ただし一回だけ。

桐生も仕事で疲れていたから一度だけ射精して終えたのだが、疼きが残っていたらしい。打ち上げの場で、店のトイレで部下に追い詰められるとはまさか思いもしなかったから、派手に彼の手を汚してしまった。

快楽に弱い身体を知られてしまったのがいたたまれず、くたくたと洋式の便器に腰を下ろす。白濁《はくだく》で濡れた指先をねっとりと舐め上げた叶野が、「美味しい」と笑う。

「課長の味ってこんなんなんだ……今度は直接舐めさせてくださいね」

「今度、って……」

「今度は今度ですよ。最初があったんだから、次もあるでしょう? あ、今綺麗にしてあげますね。待ってて」

そう言って叶野はポケットからハンカチを取り出して水で濡らし、後始末してくれる。手つきは丁寧《ていねい》でやさしく、少しだけほっとする。

服も元通りにしてくれた叶野が頬にちゅっと軽くくちづけてきたので、「きみは——」とようよう口を開いた。

「……私のことが、好き……なのか」

「好きです。初めて会ったときから。もう一目惚《ひとめぼ》れでした。冷たそうな美人で仕事ができて、なのに部下には細やかな指示をくれる。最高の上司ですよね」

「だが、私は皆に平等にしてきたつもりで」

「わかってます。俺が勝手に好きになってるだけ。課長の身体をここまで敏感《びんかん》にしたひとが他にいるんでしょう？　そのひとのことを考えると妬けるから……本当は恋人になりたいですけど。セフレでもいいんで、お願いです。たまにこうして会ってください。課長の迷惑《めいわく》にはならないようにしますから」

なにを言ってるんだきみはと声を大にして言いたいところだが、絶頂を迎えたばかりで思考がまとまらない。

坂本に並んで厄介《やっかい》な人物に目をつけられてしまったのだろうか。

しかも相手は部下。

毎日顔を合わせる相手に射精させられた恥辱《ちじょく》は言葉にならない。

――だけど、感じてしまった。すごくよかった……。

坂本とはまた違う熱っぽいアプローチが新鮮《しんせん》で、急激に昂ぶらされてしまった。

叶野が下手だったり、ただからかうためだけに触れてきたなら達することはなかったはずだ。

「しつこくしません。仕事もちゃんとします。だから、都合のいいセフレとして、ね？　この胸にとどめておいてくださったら嬉しいです」

つい先ほどまで散々《さんざん》嬲った乳首をシャツの上から探り当て、ぐりぐりと押してくる叶野が鼻先で笑う。

「すごくすごく可愛かったから……課長のこと、もっと知りたいです。次はホテルで。ちゃんと裸《はだか》にして、隅々《すみずみ》まで検分して、孔の奥まで暴きたい」

「あ、孔……って」

「アナルセックス、しましょうよ。俺と」

いまにもくちびるが触れそうな距離で囁かれ、くらくらしてくる。

その低く魅惑的な声。

理性が跡形《あとかた》もなく砕《くだ》け散ってしまいそうな官能を秘めた声に目眩《めまい》を覚え、くちびるが震える。

それを間近で見ていてたまらなくなったのだろうか、やさしくくちびるを押し当ててきた叶野がにこりと笑い、「次も楽しみにしてますね」と言う。

「ちゃんと準備しておきます。課長を目一杯愛して、最高のセフレになります」

堂々と宣言されて二の句が継げない。

セフレとはこうも真っ向から突っ込んでくるものなのか。

坂本以外の男を知らない身としては、不安が渦巻《うずま》く反面、年若の叶野が次になにをしでかすか目が離せない。

「連絡、しますね」

「……」

最後には、曖昧《あいまい》に頷《うなず》いた。

脅《おど》されたわけではない。

ただただ恥ずかしい秘密を――乳首が大きく育ってしまっていることを知られてしまった立場として、そして知らなかった快楽を教えてくれる男をじっと見つめ、「ライン交換しましょうよ」と微笑む叶野に息を吐き出した。

二章

翌日、浮かない気分で出社すると桑名が声をかけてきた。

「神奈川の真壁《まかべ》ホテルから、新しい焚き火《たび》台でいいものがないか問い合わせがあったんだが、なにか当てはあるかな?」

「あ、ああ、はい」

真壁ホテルは湘南《しょうなん》海岸沿いにある老舗で、桑名も個人的に気に入っており、年に数度泊まりに行っている。

その縁《えん》で、現場の桐生や叶野たちよりも桑名に連絡をしてくることがほとんどだ。

真壁ホテルは、グランピング企画が始まったときに真っ先に手を挙げたところだ。

テントはすでに敷地内に設置されており、宿泊予約も順調に埋まっていると聞いている。

焚き火台がほしいということは、キャンプファイヤーがやりたいのだろう。

「真壁ホテルさんなら、このへんとか……このあたりの価格帯でいかがですか」

業者から届いたカタログを見せつつ、桑名に提案する。

老舗ホテルが新しいサービスを採り入れてくれるのは嬉しいことだ。

とりわけ湘南はホテル激戦区なので、昔気質《かたぎ》のサービスだけでは通用しなくなっているという面もある。

真壁の凜とした雰囲気を崩さず、高級感ある焚き火台と、ついでに人気の新しい型のランプも薦《すす》めておいた。

「真壁さんのところはテントの横に屋根付きのバーベキュースペースがあるでしょう。あそこに、このちょっと無骨《ぶこつ》な真鍮《しんちゅう》製《せい》のLEDランプを置いたらムードも高まると思うのですが」

「なるほど、いいね。じゃ、焚き火台と一緒にプレゼンしてみよう」

「ランプならサンプルがあります」

「そうなのか。だったらこれから一緒に持っていくのはどうかな？」

「私がお邪魔していいんですか？　ご迷惑でなければぜひ」

真壁ホテルには一度足を運んでいるが、桑名がちょくちょく通っていることもあり、ホテル側も桑名相手のほうが話をしやすいだろうと察して出しゃばることはしていなかったのだ。

でも、いい機会だ。

桑名が忙しいときに自分が及《およ》ばずながらも対応できたほうがいいし、グランピングスペースがどうなっているかチェックしたい。

桑名につき添って、湘南までひとっ走りすることになった。

この仕事はサンプルを得意先に持ち込んでの商談が多いので、都内在住でもマイカー出勤をする者がいる。

桑名もそのひとりだ。

これまでに何度か仕事で彼の助手席に座らせてもらったことがあり、運転の確かさは知っている。

午前中のうちに会社を出て高速道路に入り、湘南海岸を目指す。途中一度だけサービスエリアに寄り、互いに缶コーヒーを買って一服した。桑名も愛煙家だ。

――そういえば、あいつからは清潔な香りがしてたな。

あいつ。

叶野。

油断すると昨日の余韻《よいん》に浸《ひた》ってしまいそうだ。努めて意識を立て直し、苦い煙草で刺激を与える。

身動ぎすると叶野の指遣いを思い出してしまって困る。甘くて、罪《つみ》深い愛撫だった。男に慣れているんだろうか。

まったくためらいなく桐生の下肢を愛撫し、快感《かいかん》を解いた叶野と次になにをするのかと想いを馳《は》せると煙草を吸うのも忘れる。

憂《うれ》いが伝わったのだろうか。喫煙所で隣に立つ桑名が顔をのぞき込んでくる。

「どうした、疲れた顔をしているようだね」

「いえ、——すみません。昨夜《ゆうべ》、少し眠りが浅かったので」

「ほう、きみにしては珍しい。うちの部署で勤務中に居眠りをしたことがないのは桐生くんだけだよ。対して、叶野くんは隙を見計らってよく寝ている」

くすくすと笑う上司に、今度こそ身を竦《すく》め、「申し訳ありません」と頭を下げた。

桐生にとって叶野は直属の部下だ。

教育が行き届いていないと叱責《しっせき》されてもおかしくないのに、桑名は可笑しそうに肩を揺らしているだけだ。

「いやいや、ああいう豪胆《ごうたん》な男がいるのも楽しいよ。たまにポカミスをやらかすが、愛嬌がある。なにより立ち直りが早いのは美点だね」

「そうなんでしょうか……」

確かに叶野は機転が利き、たまにうっかり失敗をしてもすぐに挽回《ばんかい》するだけのエネルギーを持っている。

しかし、若いうちはそれでもいいが、もっと年を重ねたときに同じような真似をしでかしては許されない。

「今のうちにちゃんと育てます」

「まだ彼二十五歳だろう？　若い若い。できるときに無茶をさせたほうがいいし、限界までやらせてしまってもいい。もちろんブラックにならない程度にね。そのほうが彼みたいな奴は伸びるよ。叶野くんは、周囲からやいやい言われると途端に物事がつまらなくなってしまうタイプだと思う。きみが大丈夫なようであれば、好きにやらせてあげなさい」

「はい」

まさに理想的な上司の言葉を賜《たまわ》り、桐生は神妙《しんみょう》な面持《おもも》ちで頷く。

中規模の貿易会社とはいえ、桑名をトップとする国内部門は毎年いい成績を上げている。桑名が寛容《かんよう》なためだろう。

自分とてできた人間とはまあ言えないので、部下の叶野ともども温かく見守ってくれるのは本当にありがたい。

煙草を二本吸ってまた車に戻る。

カーラジオを聴きながら、真壁ホテルに着いたのは昼過ぎだ。

ホテルの支配人は早々にサンプルを持ってきてくれたことに喜び、桐生が選んだ焚き火台を注文し、ついでにランプも購入してくれた。

「グランピングは順調ですか」

「おかげさまで。ここのところ毎日予約が入ってます。まだ二棟しかテントがないので、敷地に余裕があるんですよね。来年はもう一棟増やそうと思います」

海に面した庭に建てられたテントをチェックし、桑名と桐生は企画がうまく進行していることを喜んだ。ただよさそうな商品を見つけてきて売るだけが仕事ではない。

企画を立てたからにはきちんと根付いているか、足りないものはないかと日頃から目を配ることも大切だ。

「とりあえずは大丈夫なようだね。安心した」

「そうですね」

頷きながらホテル内に戻ると、支配人がランチでもいかがですかと誘《さそ》ってくれた。

「せっかく東京からいらしてくださったんだし、ゆっくりしていってください」

「お言葉に甘えていいんでしょうか。……ああ、それでは申し訳ありませんが、一、二時間ばかり昼寝をさせていただけませんか？」

桑名の言葉に、支配人はくしゃっと笑顔を向けてきた。

「どうぞどうぞ。数時間と言わず一日お泊まりでも」

「それはさすがに図々しいので、休憩《きゅうけい》だけで構いません。助かります」

そう言って、桑名は密《ひそ》やかに耳打ちしてきた。

「僕も昨日あまり寝ていないんだよ。どうしても目をとおしておかなきゃいけない資料があったものでね。帰りの運転のためにも休んでいっていいかな」

「もちろんです。というか、気付かずにすみません。私が運転できればよかったのですが」

身分を確認するためにも最適なので運転免許はあるが、桐生はペーパードライバーだ。

上司の運転で遠出し、疲れさせてしまったとは申し訳ない。

幸い、タブレットPCを持ってきているので、彼が休んでいる間は横で静かに仕事していよう。

支配人にツインルームの一室を用意してもらい、桑名とふたりで入った。支配人が気遣って「空いてますから」とスイートルームに案内してくれた。ベッドがふたつに大きめのテーブル、ソファとゆったりしている。

「せっかくだからシャワー浴びようかなぁ……。桐生くんもどうかな?」

「え?」

「リフレッシュのためにさ。熱いシャワーを浴びれば気分もすっきりする。よかったらお先にどうぞ」

そう言われてしまっては、「いいえ結構です」とは言いにくい。なにせ上司の言うことだ。

じゃあ……と言葉少なに言って桐生はバスルームへ向かい、もたもたと服を脱ぐ。

——なんだか、危険な予感がするが大丈夫だろうか。

いや、相手は上司だ。穏《おだ》やかな大人の男だ。本当にシャワーをさっと浴びて一眠りしたいだけなのだろうと自分に言い聞かせ、素肌に熱い湯を当てる。

あまり長いこと浴びているとのぼせそうだったから、軽めにした。

首の付け根に湯を当てると、じんわりと凝りが解《ほぐ》れていく。

車を運転する桑名のほうが疲れているだろうが、助手席で眠り込むわけにはいかない桐生もそこそこ疲労《ひろう》が溜まっている。

ほどよい感じで仕事の話や世間話をし、気詰まりにならない程度の沈黙《ちんもく》を保つ。桑名との信頼関係があるからこそできることだ。

汗《あせ》を流したら気分が一新した。「お先にありがとうございました」と言ってリビングに戻れば、桑名が入れ替わりにバスルームに入る。

なんとなく流れでバスローブを着て出てきてしまった。

落ち着かない。数時間の休憩なのだからアルコールを摂取《せっしゅ》するわけにもいかないだろう。

思案するうちに、支配人がわざわざルームサービスとしてランチを運んできてくれた。

甘鯛《あまだい》の酒蒸《さかむ》しがメインで、とても美味しそうだ。

テーブルにセッティングしてくれた支配人に礼を告げて見送ったところで、桑名がバスルームから出てくる。

「ああ、すまない。礼を言えなかったな」

「私のほうでお伝えしておきましたから」

作りたての料理にバスローブ姿の桑名は目を細め、「早速《さっそく》食べようか」と隣に立つ。

ふと、くんと鼻を鳴らして桐生の首筋《くびすじ》を嗅《か》ぐ。

「僕とおそろいの香りだ」

「え、……ええ」

同じボディソープを使ったのだからそうだろう。

上背《うわぜい》のある桑名に擦り寄られると、なんだかそわそわしてしまう。

ちらりと視線を向けた。

まだ濡れた黒髪はかき上げられていて、一房《ひとふさ》額に垂《た》れているのがやけにセクシーだ。ゆるく開いた胸元からは熱い湯を弾《はじ》いた肌が見える。全身がふわりと上気しているように見えて息を詰めてしまう。

「なぜ見てる?」

くすりと笑った桑名が肩をぶつけてきたことでハッとした。

「いえ、申し訳ありません。疚《やま》しい気持ちがあるわけではなくて」

「そうかな。——僕は、あるけど」

「え?」

「疚しい気持ち、滲《にじ》み出してしまうけど」

きみにね、桐生くん。

目と鼻の先で囁かれて、顎《あご》を人差し指で持ち上げられた。

びくりと身体を震わせてあとずさろうとしたものの、ソファに膝裏が当たってしまってガクリと折れる。

なだれ込むように桑名が覆い被さってくる。

両腕の中に桐生を閉じ込めるようにして、影になった桑名が楽しそうに微笑む。

「——昨日、叶野くんといやらしいことをしていただろう」

「……は？」

「居酒屋のトイレで。きみのここを彼はいたぶってたんじゃないのかな？」

つん、とバスローブの上から下肢をつつかれて背筋が撓む。

「それよりこっちかな？」

楽しげな声と目線は上に向き、桐生が抵抗する間もなく一気にバスローブの前をはだけられた。

「な……っ部長！」

あらわになった裸の胸に桑名の視線が吸い寄せられる。

昨日、叶野に弄られたばかりだから、まだ危うい疼きを残した乳首はぽってりと赤く腫《は》れ、乳暈ごとせり上がっている始末だ。

その真ん中でぷくりと勃起する乳首を確認した桑名が薄く笑い、そうっとくちづけてくる。

「あ……っ！」

ちゅうっと最初からきつく吸い上げられて、奥歯を噛み締めた。

叶野の愛撫の熱が消えていないうちに、この感覚は酷だ。

いけない、絶対に声を出してはいけない。叶野の前ではどうしても声を殺せなかったから、いいようにもてあそばれてしまったのだ。

「部長、待ってください。いきなりなにを——……！」

頭を押しのけようとするのだが、温かい口の中でちゅくちゅくとやさしく舐《ねぶ》られて、育ちきった乳首を舌先でせり上げられる。

叶野とはまた違う愛撫に苦しげに泣き声を漏らせば、ますます乳首を淫猥《いんわい》に吸い上げられる。

嘘だ、こんなの嘘だ。

二日続けて会社の人間に暴かれるなんて。

しかも相手は部下と上司だ。今まで乳首の秘密を知られなかっただけでも幸運だったのかもしれないが、叶野も桑名も魅入《みい》られてしまったかのごとく執拗《しつよう》にしゃぶりついてくる。

こんなこと、坂本に知られたらどうなるのだろう。

昨夜遅くに自宅に帰ると、もう坂本は眠っていたようで室内は真っ暗だった。

彼の私室からも灯りが漏れていなかったのでほっとし、叶野の口淫で汗ばんだ肌を清めるために長いこと風呂に浸《つ》かった。

なのに、今日は上司の桑名に押し倒されている。

甘く、赤く崩れた乳首は端整《たんせい》に整った桐生の相貌を大きく裏切るのだろう。

桑名は思いきり乳首を吸い上げたあと、物足りないように指でそこを押し潰す。

「ん、っ」

ぎりりとくちびるを噛んで、喘《あえ》ぎを堪《こら》えた。

やわらかに左右に伸ばされた乳暈の真ん中で、尖りがむにゅりと形を崩す。

スリットが広がり、赤く熟れた内部を見てしまった桑名が息を吞み、「こんなに」と低く呟《つぶや》く。

「こんなに淫らなものを隠していたのか、きみは。誰かに開発されたのかな？」

「ち、違います……！」

「違うわけないだろう。いや……もともと乳首が大きかったという可能性もあるか。それでもこんなにエロティックな色とふくらみを持った子はなかなかお目にかかれないよ。きみには男の恋人がいるのかな？」

「い……っ」

いません。と答えようとした矢先《やさき》に桑名が跪《ひざまず》き、桐生の両足を大きく割り開く。

はしたなくあらわになった下肢は、ボクサーパンツを穿《は》いていても盛り上がりを隠しきれない。股間のふくらみを確認した桑名が楽しげに見上げてくる。

「感じているんだね？　胸を弄られただけで。叶野くんとのときもそうだったのかな？」

「いえ、その――これは」

思わぬ展開に過敏《かびん》に反応してしまっているだけだと言いたいのだが、吐息は掠《かす》れてまともな言葉が出てこない。

叶野の強引なタッチとはまた違い、じっくりと攻め込んでくる桑名は、桐生の両手首を押さえ込んだまま、ボクサーパンツの縁《ふち》を食《は》んで引っ張る。

途端にぶるっと飛び出すペニスが硬く引き締まっていることに、桐生自身が驚いた。

昨日の余韻が抜けきっていなかったのか。

今までは坂本だけにしか明かしてこなかった身体を、いきなりふたりの男に触れられて、感覚が狂《くる》っているのかもしれない。

温厚《おんこう》な上司が顔を傾《かたむ》けて、自分のそこを裸にしていくところをまともに見られない。

どうしよう、どうしたらいい？

「すっかり大きくなっている。これは美味しくいただかないといけないいな」

「……っお願い、ですから、こんなこと——……っぁ……！」

桐生の懇願《こんがん》も無視して、桑名はペニスの根元を右手で握り締めると、おもむろに口内に含《ふく》む。

「あ……！　あ、あ……っ」

桑名の口の中はねっとりと熱く、狂おしいほどに締め付けられた。

荒《あら》っぽい手淫を仕掛けてきた叶野にも勝てなかったけれど、しつこく舌を巻き付けてきてじゅるりと吸い上げ、頬の裏側に亀頭を押し当てて擦り付ける桑名には息が切れる。どうあっても声は上げたくなかった。生真面目に快感を拾って反応してしまえば、昨日の叶野に見せた痴《ち》態《たい》をまた晒《さら》してしまう。

くにゅりと亀頭の先端が引き攣《ひつ》れて、先走りを垂らしてしまうのがたまらなく恥ずかしい。

「いい味だ……一度でいいから桐生くんのものを咥《くわ》えてみたかったんだよ。僕にとっては頼れる出来た部下で、社内でもきみが一番美しい。そんなきみが乱れるとしたら、どんな顔をするんだろうと興味が尽きなくて……ああ、いいね、どんどん出てくる、精液はもっと濃いのかな」

「……っく……！」

達する寸前まで堪《こら》えた。堪えたのに、放ってしまった。

「いいよ、たくさん出してくれ。きみの味がもっと知りたい」

じゅるっ、じゅぷっと舐る音を響《ひび》かせ、桑名は大胆《だいたん》なフェラチオを続け、桐生が極まったところでうっとりした顔で白濁を飲み干す。

んく、と喉を鳴らす桑名に残滓《ざんし》まで舐め取られ、息が上がってしまう。

——慣れてる……。

気がする。男に奉仕をすることに。

まだ芯《しん》の入ったペニスを離さず、蜜を放ったばかりの睾丸にまで舌をやさしく這わせてくる桑名は、舌舐めずりしながら立ち上がり、唐突《とうとつ》に己のバスローブの前を割った。

「……あ……」

下着を穿いていなかった上司のそこは、穏やかな風貌とは裏腹にいっそグロテスクで、斜《なな》め上に反《そ》り返っていた。

肉筋がいくつも浮き、こうして見ているだけでも視界に焼き付きそうな淫らさだ。

先端はもう濡れていて、しずくをとろりと垂らしている。

坂本との長年の行為で何度も身体に触られているが、彼自身の性欲はどうでもいいらしく、抜いている場面も見たことがない。

桐生が同性のものを間近に見たのはこれが初めてで、思わず身が竦む。

長さのある竿の生々《なまなま》しさと重量を感じ取り、怖《お》じ気《け》づいているのがわかったのだろう。

桑名が自身の根元を指で支え、先端を閉じたくちびるに押し付けてくる。ひたりと張り付いた亀頭はノックするようにくちびるを叩き、どう抵抗しようとも口内に入ってきそうだ。

「少しだけ挿れさせてくれないかな?」

やさしい声が怖い。

嫌だときっぱり言えば、大人の桑名はやめてくれるだろう。

だが、その雄の放つ性臭に引きずられ、桐生は知らず知らずのうちにくちびるを開いていた。

舐めてみたい。

ほんの少しだけ。

怖々《こわごわ》とかすかに開いた口の端に挿《はい》り込んできた雄の先端から零《こぼ》れ出る味の男らしさに戦《おのの》きながらも無意識に吸い付くと、にこやかに笑った桑名が力強く腰を進めてきた。

じゅぽん、と濡れた音を立てて男根を咥えさせられた。

「ん、……ん」

太さはそれほどでもないが、長い竿に喉奥を突かれ、苦しい。

いきなり桐生の口を性器として扱いだした桑名が、二度三度腰を激しく揺らしたあと、「すまないね」とほっと息を吐き、くしゃりと髪を撫で回してくる。

「夢だったんだよ……いつも凛々《りり》しくスーツを着こなしたきみとセックスに耽ってみたかった。慣れていてもいいし、うぶでもいい。とにかくきみの熱い肌に触れてみたかったんだよ。……いいね、想像以上だ。僕のものを咥えて苦しそうな顔がすごくいい」

「ふ、っ、ぅ、んんっ」

嘔吐《えず》きそうになって懸命《けんめい》に息を吸い込む。圧倒的な肉の重みを感じて、絶句する。まさか上司の性器をしゃぶらされることになろうとは。

驚愕《きょうがく》する反面、――突き飛ばせないとも考えている。

これがまったく見知らぬ男だったらと思うだけで身の毛がよだつ。

知っている男だから噛まないというわけじゃない。

信頼し、こうありたいと思ってきた桑名だからこそ、自分は肉竿におずおずと舌をあてがっているのだ。

いいとか嫌だとか言う前に苦しいのだが、上顎《うわあご》をなめらかな亀頭でしつこく擦られるうちに、そこにじわりと卑猥な熱が生まれて、身体の真ん中を走っていく。

ただ口を開けて受け入れているだけだ。手を使って扱くことはしていない。

だけど、それでも桑名のものは大きくふくらみ、反り返った亀頭でじんじんする上顎を擦り続けてきて、桐生を否応なしに昂ぶらせる。

「このまま顔に出してもいいが……」

笑って、桑名はいったん腰を引き、ずるりと抜く。

それから啞然としている桐生の身体を裏返し、ソファの上で四つん這いにさせると、尻たぶをぎゅっと摑んできた。

「いい触り心地だ。ここも叶野くんには触らせたのかな」

「そ、こは……」

首を横に振ったのが答えになったらしい。

それが気に入ったのだろう。

尻肉を撫でさすり、揉み込み、両手十本の指を使ってねっとりと捏《こ》ね回しながら左右に押し開く桑名が、桐生の性器に沿う形で男根をすべり込ませてきた。そうして両足を閉じさせると、ぐっぐっと出したり挿れたりする。

「……っいや、だ……っ」

かろうじて声を絞り出す。

「本当に嫌かい？　だったらやめるけれど」

蜜がたっぷり詰まってしこる陰嚢《いんのう》を、硬い性器で擦られる快感につい反論すると、桑名がぴたりと動きを止める。

「本当に嫌？」

竿を挟《はさ》み込ませながら訊かないでほしい。この「嫌」は、確かに「嫌」なのだが、それ以外の想いも混ざっている。

知らなかった欲望とか、桑名の熱とか形とか。

教えてほしいとすら思う自分が信じられない。

「い……」

「い？」

何度も何度も、息を吸い込んで吐き出す。

今から自分がなにを言うのか、わかっているようでぜんぜんわからない。

「……いや、じゃ、……な、いです……」

信じられない、自分としたことがなにを言っているのだ。

だが、熱い雄に煽《あお》られて引き下がれなかった。己の不甲斐《ふがい》なさに涙《なみだ》が滲みそうだ。

昨日に続いて、今日までも。

とうとう屈《くっ》したと歯噛みした瞬間、桑名が激しく腰をスライドさせてきた。

「う……ん……っん……！」

実を言えば、桐生は童貞だった。バックバージンでもある。

同居している友人、坂本は徹頭徹尾《てっとうてつび》己の研究成果を桐生の身体で試したいだけであって、肉欲の対象としては考えていない。

整った見た目から、その手の男に声をかけられることは多々あったが、自分としては大人の玩具《おもちゃ》にしか興味のない変人坂本をある意味哀《あわ》れみつつも愛おしんでいたから、他人に身体を明け渡す余裕がなかったのだ。

もし、坂本が一線を越えてきたら。

そう夢想したことは何度かある。

その影響か、今までも夢精してしまうことが何度かあった。

自分で適度に処理《しょり》せず、おかしな坂本に先に搾り尽くされてしまうからだ。

童貞のうえ自慰《じい》の経験もろくにない自分が、乳首だけを念入りに開発されていたことを知ったふたりの男――叶野と桑名は争うように熱く湿った肌を重ねてくる。

小ぶりな陰嚢を桑名の長い肉竿がたっぷりと擦っていく。最初は激しく、途中からゆっくりと味わうように。

「いっぱい詰まっていそうだね、桐生くんのここは……アナルセックスの経験は？」

「な、い……っです」

「じゃあ、その最初の相手として僕は？」

この問いかけにはすぐに答えられなかった。

だって、なんの用意もしていない。

あの坂本ですら、一応行為をする前にはローションを使ってくれる。

義務的に桐生のペニスにぬめった液体を垂らし、扱くだけだが。

それでも、他人の手でイかされる悦びをすでに知ってしまっている身体は、桑名にも応えてしまう。

その間にも、ぬぐぬぐと桑名の硬いペニスは内腿《うちもも》のきわどいところを擦り、知らなかった官能を桐生に植え付けていく。

何度かアナルの縁に先端が引っかかったときは、どきりとしてソファの肘《ひじ》掛けを強く摑んでしまった。

慣らされていないから挿るわけないのだが、桑名の雄は油断するとずるりと潜《もぐ》り込んできそうな危うさがある。

かすかな怯えを感じ取ったのだろう。背中に覆い被さってきた桑名が、「今はまだ」と囁く。

「今はまだしないよ、安心しなさい。きみのバージンをいただくときはこれ以上ないぐらいに丁寧に愛さなければ」

「んっ……ぁ…っ――あぁ、っぁ……！」

そこから先は容赦《ようしゃ》なく抉《えぐ》られた。

にゅちゅりと肉棒が蠢《うごめ》き、桐生の会陰を散々いたぶった最後に、桑名は前にするっと手を回して性器を強めに扱き上げてきた。

「あぁ……だめ、です、イく……っ！」

どくっと身体が大きく脈打ったのをきっかけに、桑名も桐生の背中に熱いしずくを放ってきた。とぷとぷと重たい精液が素肌にかかる間、なにも考えられなかった。頭の中心は真っ白で、じわりと危険な熱を孕《はら》んでいる。

「次のときは、きみが欲しい」

「部長……」

「僕がきみにどれだけの想いを抱いているか、もうわかっただろう？　桐生くん、僕はきみを愛してるんだよ。部下としても、ひとりの男としてもね。ずっと可愛がってきたんだ。今さら若い子に攫《さら》われるわけにはいかないよ。きみの最初は僕がいただかなきゃね」

やさしいけれど否定を許さない声を聞きながら、桐生はくたくたと力を抜いた。

三章

「おはよう、ずいぶん遅いな」

「うん……」

寝ぼけ声で答えながら、桐生は頭をかき回し、冷蔵庫に向かう。

牛乳をグラスに注いでゆっくり飲み干す間、同居人の坂本はソファから立ち上がり、キッチンに立つ。土曜の昼前、遅くに起きてきた桐生のためにブランチを作るのだ。

「チーズオムレツと、トーストにサラダでいいか？」

「……いい」

平日は目覚まし時計が鳴るよりも早く起きるのに、休日となると途端に糸が切れる。

ここ最近はずっとそうだ。気を張るウィークデイを過ごし、週末ともなるといつまでもベッドの中に潜り込んでいる。

部下と上司に連続で身体に触れられてから、数日が経っていた。

会社ではポーカーフェイスを貫《つらぬ》いて、桑名とも叶野とも絶妙《ぜつみょう》に距離を置き、隙を見せないことに意識のすべてを傾けた。

当の本人たちは、それぞれが桐生に手を出したことに確信はないようだが、隠れたアプローチはしてくる。

たとえば目配せひとつで。

たとえば書類につけられた付箋《ふせん》に「次はいつ会える?」と書いてきて。

仕事の相談だからと言って肩越しに顔を寄せられたとき、相手の体香を嗅いで胸が揺れた。

ふたりの熱を知ってしまっているのは自分ひとりだと思うと、どことなく優越感《ゆうえつかん》もあるのだが、——坂本が知ったらどうなるのだろうという惑いはつねに頭にあった。

手早くブランチを用意した坂本は木製のトレイに皿を載せ、パジャマにフリースジャケットを羽織《はお》って、ぼんやり煙草を吸う桐生の元にやってくる。

「ほら、食えよ。食う前に吸ってると味覚が馬鹿になるぞ」

「……わかってる」

坂本は愛煙家ではないのだが、同居させてもらっているという身分をわきまえているのか、とくにうるさいことは言わない。

もそもそとオムレツを食べ始めた桐生の前にどかりと腰掛け、テーブルの片隅に置いていた煙草のケースを引き寄せる。

そして中から一本勝手に抜き取り、口に咥えた。

「吸うのか?」

「たまにはな」

まあそういうときもあるのだろう。大学時代は遊びでたまに吸っていた坂本だから、今でもほんのときおりこうして桐生の煙草をもらうことがある。

チーズが蕩けたオムレツはとびきり美味しい。

煙草で鈍《にぶ》った舌でも坂本の腕前がいいのはわかる。

トーストにはバターが塗られていてさくさくしていた。サラダは新鮮なレタスとキュウリにトマト。ごまドレッシングがいいスパイスだ。

夕食をあまり食べない桐生は、そのぶん朝食、昼食をしっかり食べるようにしている。

昨日も取引先との会食で、チャイニーズを少し口にしただけだった。

たまごを三個使ったオムレツと二枚のトーストを頬張り、合間に坂本が注いでくれたブラッドオレンジジュースを飲む。

「相変わらずよく食うな。それでいておまえは太らない」

目を細め、紫煙《しえん》を細く吐き出す坂本が笑う。

「だからいい身体をしてる。俺の理想にぴったりだ」

「理想……」

好み、ではないのか。

理想と好みは違うものなのか。

サラダを咀嚼《そしゃく》しながら、桐生は顔を顰《しか》める。

なんでこんな男を好きなんだろう。

あらためてそう考えると不思議《ふしぎ》だ。好き勝手なことばかりして、まるで生産性のない研究に勤しんでいる坂本は、ついでに言えば大のギャンブル好きだ。

とくに競馬が好きで、大学時代は派手に金を突っ込み、派手に負け、二百万ほどの借金を背負った。どうやって返済するんだとハラハラしていたら、「できたばかりのグッズを買い取りたいって会社があるから買ってもらう」となんでもないことのように言い、イボイボがついたいかにもいやらしくくねるバイブレーターをアダルトグッズメーカーに売りつけ、権利も一切《いっさい》合切《がっさい》渡して三百万ちょっとの金を手に入れていた。

おかげで借金は無事返せたものの、残りの金を大事に使えばよいのに、そうした我慢《がまん》がまったくできない坂本は、またも懲《こ》りずに馬に金を注《つ》ぎ込み、一銭もなくなったところで桐生のこの部屋に転がり込んできたのだった。

思えば、あの頃から彼の実験体にされていた。

なにかと桐生のノートを頼りにし、下手すると「昼飯奢《おご》ってくれよ」とまで言う屑男《くずおとこ》のどこがよいかと言うと、ただひとつ。顔だ。

同性にしか意識が向かない桐生にとって、坂本のおおらかな雄を感じさせる相貌は好みのど真ん中だった。

——やたら眼鏡が似合ってたし。

昔から、眼鏡が似合う男に弱い。

恐ろしいまでの我《が》の強さに加えて顔がいいとなったら、もう負けだ。

一見、桐生は手強《てごわ》い人物として見られることが多い。

仕事にも手を抜かないし、身なりもきちんとしている。浮いた噂《うわさ》ひとつなく、社内の女性の間ではクリーンだ。

——でも、それもこの間までのことだ。

ブランチを綺麗に食べ終えると、坂本がコーヒーを淹《い》れてくれる。

できた男だなと思うのだが、家事以外はまったく駄目な奴だ。

生活費もまとめて渡すとギャンブルに使ってしまうから、一週間ごとに食費と小遣いを渡していた。光熱費や家賃といったものはすべて桐生がまかなっている。

頬杖《ほおづえ》をついてコーヒーを飲み、二本目の煙草に火を点ける坂本が可笑しそうな顔をしている。

「おまえさぁ」

「なんだ」

「エッチしただろ、べつの男と」

言われた途端、派手に噎《む》せた。

ごほごほと咳《せ》き込んで胸を叩き、ついでにくしゃみも二度して鼻先を真っ赤にしていると、

「ほら」とティッシュボックスが差し出される。

「な、……なにを急に」

「いや、この間から知らない匂いをつけて帰ってくんなあと思ってさ。おまえが風呂に入ってる間、下着をチェックしたらべっとり染みがついてた。外でオナってたわけじゃないだろ？」

「そんなわけないだろう！」

昼間から話すことか。

思わずカップをがしゃんとソーサーに戻したのだが、坂本は「まあまあ」と平然とした顔をしている。

「べつに文句言ってるわけじゃない。むしろ俺としてはほっとしたぐらいなんだ。おまえも外でのつき合いがあるんだなって」

「どういう意味だ」

「この約十年、俺とのつき合いにばっか終始してただろ？　いやもちろん俺が知らないところで誰かとうまくつき合ってるのかもしれないけどさ、セックスもちゃんとしてるんだなって……」

それは――嫉妬《しっと》、なのか。

少しでも妬いてくれているのだろうか。

じわじわと頬を熱くする桐生に、しかし坂本は旨《うま》そうに煙草を吸い込むだけ。

「アナルセックスはしたのか」

「……まだ」

「早いところ経験しとけよ。バイブレーターの開発ももっと進む」

言われて思わずカッときた。

「おまえの実験台じゃない！」

「は？　俺とおまえは友だちだろ？　おまえを気持ちよくしてやってるかわりに、俺はここに住まわせてもらってる。ウィンウィンの関係じゃないか」

断じて違う。

根本から食い違ってる。

こっちは坂本に恋心を抱いているのに、相手は研究材料としか思ってないなんて最悪だ。

「あー、いい天気だな。せっかくだからなんか映画でも観に行くか」

「……行きたいならひとりで行ってこい」

「いいじゃんよ、一緒に行こうぜ。ほら、おまえの好きそうなサスペンス映画、いくつかピックアップしといたからさ」

坂本はひとたらしでもある。

おんぶに抱っこという面を自覚しているのか、桐生の好みは熟知《じゅくち》しているのだ。いつもいつも甘やかしてくれるわけではないのだが、絶妙なタイミングで誘いをかけてくる。

スマホに表示された映画タイトルを仏頂面《ぶっちょうづら》で観ていると、気になっていたタイトルが出てきた。

「これなら……いい」

「よし、午後三時からだな。それまでに洗濯をしておく」

意気揚々《いきようよう》と立ち上がって、食器を片付けに行く男の背中を見て深いため息をついた。


前もってネットで席を確保し、余裕を持って映画館に赴く。

フードコーナーでポップコーンのキャラメルと塩のハーフハーフと坂本はビール、桐生はウーロン茶を注文した。

いったん席に着いて互いの間にフードコンテナを置くと、「なあ」と坂本が顔を寄せてきた。

「ちょっとトイレつき合ってくれないか」

「は？　子どもか。ひとりで行ってこい」

「いいからちょっと」

「お、おい」

ぐっと腕を掴まれて無理やり立ち上がらされた。

シアターから連れ出されて近くの男子トイレにもつれ込む。幸か不幸か自分たちしかおらず、坂本はにんまり笑って個室のひとつに桐生を押し込んだ。

「ナイスタイミング」

ヒュウと坂本が口笛を吹く。ご機嫌がよさそうだが、こっちは反対に剣呑《けんのん》な気分だ。

「坂本、おまえなにを」

「ちょっとした実験を行う」

「実験?　なんの……おい、こら!　なんで……っ」

ステンカラーのコートの前は開いたままだった。中には極上のカシミアでできた黒のVネックニットを素肌にじかに纏っている。

それをなんでもないようにまくり上げ、勝手に乳首に触ってきた坂本がジーンズのポケットからなにやら取り出す。

「これわかるか?」

きらりとシルバーに輝く器具はピアスに似ている。

U字型をしていて、片側にちいさなねじがついていた。それを桐生の熟れた大きな乳首に嵌《は》め、きゅうっとねじを締め上げていく。

「あぁっ、あっ……!」

どんっと背中が個室の壁に突き当たる。

嫌だ嫌だと手を振り回したのだが、一回り大きな坂本が覆い被さってきて「いい子にしろよ」と笑いながら、ねじをきつくしていく。

ひんやりした器具はすぐに体温を吸って肌に馴染《なじ》む。温かいくせに硬いものが乳首に貼り付いていて、奇妙なことこの上ない。

「っぁ……ん……」

器具によってひねり出された先端を転がされると、ぐずるような声が漏れ出てしまう。熱い、熱い、ジンジンする。

「やめ……ろ、馬鹿……っ」

「いいから、このまま」

もう片方の乳首にも同じ器具を取り付け、さらにジンジンした痛みと疼きを足した坂本は、ニットの裾《すそ》を下ろし、ぽんっと気軽に胸を叩いてきた。

「小型だからバレない。映画を観てる間にイけそうならイけ」

「イけるわけな……っ！」

「だったら悶《もだ》えてろ」

ひどいことを言われてカッとくるのだが、それよりも胸の甘痛い疼きに意識が集中してしまって、よろけそうだ。

坂本が肩を支えて個室から出してくれ、シアターへと戻っていく。

席に着き、予告が始まったスクリーンを観ている間も、ズキズキした乳首が気になって気になってたまらない。

今すぐ器具をむしり取って家に帰りたいのだが、坂本の右手が伸びてきて膝頭を摑まれる。

「そう怒るな。……ちゃんとイかせてやる。うまく感じられたらな」

耳元で囁かれて、身体の力が抜けていく。

「っん……っあ……ん……っふ……」

両手で口を塞ぎ、潤む視界にスクリーンが映る。

気になっていた映画だが、まったく内容が頭に入ってこない。乳首の疼きに加え、さっきから坂本の右手が股間をゆるやかに這っているのだ。

「乳首、カチカチか」

「ん、んー……っ！」

薄ぼんやりと明るいシアター内で自分の胸を見下ろすと、両の乳首がツンと主張し、ニットを押し上げていた。

もともと坂本に育てられた乳首におかしな器具をつけられて、さらにふくらませられているのだ。

カチカチに硬くなり、今もし、きつめに揉み込まれたらそれだけで射精してしまうだろう。

「あ……あぁ……」

「だいぶいいみたいだな。どれ、褒めてやる」

言うなり、坂本が左の乳首をぴんっと指で弾いてきて、目の前が真っ白に弾けた。腰骨がうずうずし、じゅわぁっ……と漏れ出す感覚が襲ってくる。

駄目だ、こんなところではしたない真似をするなんて。

空席が目立つがらがらのシアターだが、観客は自分たちだけというわけではない。

この声を聞きつけられてしまったらと思うと、頭の中が熱く熱く昂ぶっていく。

坂本の手によってスラックスの前がくつろげられ、ボクサーパンツの縁を引っ張られた。そこからびくんと跳ね出たペニスはもう硬く引き締まっていて、坂本の手が触れるとぬるっとすべった。

「なんだ、もうぐしょぐしょか。おまえ感じやすすぎだろ」

「な……っも、……おまえ、の、せい……っ」

ああ、と熱っぽい吐息を漏らして必死に意識をそらそうとする。

でも駄目だ。

スクリーンの中の出来事にのめり込もうとすればするほど坂本の手は淫らに動き、先端だけ剝き出しにした桐生のペニスをいたずらにいじくり回す。

蜜口に人差し指の先っぽを埋め込まれて、ぐりぐりほじられた。

それでびくっと腰を揺らすと、お椀《わん》型にした坂本の手のひらが亀頭にかぶさり、まぁるく捏ね回される。これがたまらなく感じた。

露出《ろしゅつ》しているのは先端だけなので、もっとはっきりとした快感を拾いたくて無意識に腰を突き出してしまう。

「ここで剝き出しにしてほしいだろ。でもさすがにバレそうだから先っぽだけな」

「く……っそ、馬鹿……！」

「おまえが映画に集中すりゃいいだけの話だろ？　萎《な》えさせてみろよ。そしたらこの……」と言って坂本は乳首に嵌まった器具をニット越しに強めに弾き、ぷくんと尖りきったそこを嬲る。

「これもまだ開発中だから感度を高めるように調整しないとな。……ああ、もうどろどろだ、ハハ、ほんっとおまえわかりやすいのな。乳首を弄られただけで勃起すんのかよ。映画館だぞ、ここ」

「や、やだ、……もう、……ったの、む……おねがい、だから……っあ、あ……！」

もうどうなってもいい。腰を振りたい。みっともなくよがって声を出して、放ってしまいたい。

極まっていく桐生を逐一《ちくいち》観察し、坂本は乳首の熟れ方を確かめるように何度かぐにぐにと強

めに揉み込んできたあと、涙混じりの喘《あえ》ぎを褒めるように亀頭からくびれにかけて締め付けを繰り返した。

「ほら、ご褒美だ。イってもいいぞ」

「あん、っあ、あ、っや、イく、い、っあぁっ！」

ごくごく狭い部分を念入りにいたぶられ、坂本が持っていたタオルハンカチで先端を包まれる。幾《いく》つもの火花が脳内に飛び散ったとき、桐生はぶるっと身体を大きく震わせて白濁を放ってしまった。

シートの手すりをきつく摑み、がくがくと身体を前後に揺する。

「あっ……あっ……」

漏らさないように、こぼさないようにとタオルハンカチで亀頭を包まれているから、じゅわ、じゅわ、と断続的に精液があふれ出て、厚手のハンカチを濡らしていく。

気持ちいい、なんてものじゃない。

乳首に嵌まった器具によって身体の底がまだ炙られているようだし、腰骨の裏を叩かれるような快感にも、口内にじゅわぁっと熱い唾液《だえき》が溜まっていく。

「……これでおまえ、突っ込まれたらどうなるんだろうな」

「さか、もと」

「ま、俺はしないけどな。おまえは最高の実験体だ。もっと改良の余地があるし、そのためにはもっと淫乱になってくれ。桐生がひれ伏《ふ》すような玩具ができたら、たいていの奴らは木っ端《こぱ》みじんだぞ」

可笑しそうに肩を揺らして笑う男を罵《のの》りたいのだが、達した直後で荒い息しか出てこない。

「セフレでも恋人でも作れよ。そんで、アナルを調教してもらえ。バックバージンが破《やぶ》られたら、オナニー用のバイブレーターも開発したい」

勝手極まる男の言葉にぜいぜいと息をつき、桐生はシリアスな場面が続いているサスペンス映画の前で力なく目を閉じた。

本当にこの男、一ミリたりともなにを考えているかわからない。

もし、叶野と桑名のことを言ったらどうなるのだろう。

『へえ、よかったな。セックスしてるところに混ぜてくれよ。もちろん観るだけだから』

冷めた目をして、どこか愉快《ゆかい》そうに桐生の痴態《ちたい》を見守るのだろう。すべては自分で作り出す玩具のためでしかない。

もしその玩具が見事開発できたら、また坂本は適当にメーカーに権利ごと譲《ゆず》って金を作り、競馬に突っ込むのだろう。

屑だ。

……なのに、こんな屑男に抱かれたがっている自分が信じられない。

ここまで暴かれた身体を、坂本に最後まで味わい尽くしてほしいのに。

奇妙にねじくれた愛情を、叶野が、そして桑名が知ったらどう受け取るだろうか。

……言ってみようか。

そんなふうに考える。

真剣に相談を持ちかければ、桑名たちも驚き、味方になってくれるかもしれない。

しれっとした顔で、タオルハンカチを畳《たた》んでいる男の横顔を恨《うら》めしく見つめた。

馬鹿、馬鹿、馬鹿野郎。

おまえが好きだってなんでわからないんだ。ここまで乳首を大きくした責任を取れ。やるなら最後までちゃんとやれ。

——おまえ相手なら、どんなひどいことをされたって構わないのに。

その声は空《むな》しくこころの裡《うち》で響くだけで、声にはならない。

四章

決心したとなったら桐生の行動は早い。

坂本との不毛な十年間に決着をつけたくて、桑名と叶野のどちらかに相談してみることにした。包容力《ほうようりょく》のある大人の上司と、慕《した》ってくれる可愛い部下と、どちらがいいだろう。

ふたりとも、自分に好意を抱いてくれているのはわかっている。

途中までとはいえ、桐生の身体に触れてきたのだ。

じつは家に坂本という変人屑ヒモを飼っていて、のっぴきならない事態に陥《おちい》っていることを知ったら、ふたりとも桐生を窮地《きゅうち》から救うために力添えをしてくれるはずだ。

きっと。

……たぶん。

若干、曖昧さが残るところが自分でも不安だが、今はどちらかに頼るしかない。

散々《さんざん》悩んでいるところへ、桑名から思いがけない仕事を振られた。

「グランピングプロジェクトなんだけど、もう少し詳しく把握《はあく》したいと思ってね。桐生くん、実際に僕たちでグランピングしてみるのはどうかな？　一泊二日で、長野に」

十二月も深まろうという日、わざわざ桐生のデスクまで来て桑名が言い、一瞬反応が遅れた。

「は、あの」

上司と泊まりがけで長野へ。

瞬時に先日の行為が頭を過《よぎ》る。彼とふたりきりになったらどうなることか。火を見るよりも明らかだ。

内腿の奥を探られるだけではすまないかもしれない。だいたい、ホテルでの休憩時にあれだけのことをやってのけた男だ。

――でも。今は坂本のことがある。

状況に流される前に坂本のことを慎重《しんちょう》に切り出し、相談に乗ってもらうのはどうだろう。肉体関係はないけれども、坂本という同居人がいると相談したら、いくら桑名でも簡単には手を出してこないはずだ。

ごくりと息を呑み、思考をまとめる。

考えれば考えるほど、願ってもないタイミングではないだろうか。

行きの電車内で話を持ちかければ、普段は真面目で温厚な桑名のことだ。さぞかし心配してくれるだろう。そしてその夜は互いにほどよい距離を保って寝る。

これなら問題ない。

「ぜひ」

おともしますと言いかけたところで、桑名がにこりと笑い、トイレから戻ってきたらしい男を呼び止め、「ああ、きみもだ」と声をかける。

「叶野くん、きみも一緒に行こう」

「え、なんの話ですか」

「グランピングだよ。せっかく好調なすべり出しを切っているんだ。企画している僕らが蚊帳《かや》の外にいたんじゃ、お客様へのサービスが不明瞭《ふめいりょう》になるだろう？　そこで、来週の土日に長野のホテルのグランピングに行こうと思ってね。どうだろう」

「いいですね。今の時季だとめちゃくちゃ寒そうだけど、焚き火のよさが体験できると思いますよ。手配しましょうか？」

「いや、もうしてあるんだ。ついさっきたまたまホテルの支配人からメールをもらったんで、ついでにと伝えてしまった。ふたりの予定を先に聞かずに申し訳ないが、つき合ってもらえるかな」

「もちろんです」

楽しげに答える部下をよそに、ひとり桐生は青ざめていた。

桑名と叶野、ふたりと関係を持ってしまっている事実を知っているのは自分だけだ。彼らは知らない。なにかの拍子《ひょうし》にバレたりしないだろうか。余計な言葉を漏らしたりしないだろうか。

どちらかひとりに相談しようと思っていたのに。

三人一緒に泊まりがけになるとは想定外だ。

「そこのホテル、温泉もあるんだよ。年末の忙しい中、仕事を離れてのんびりするのもいいよねえ」

「いいですね、俺、部長のお背中を流しますよ」

「ああ、ありがとう。……桐生くんも、かな?」

ふたりの視線が一気に突き刺さり、身動ぎできない。

互いがこの身体に刻んできた熱には気づいていないはずなのに。

なのに、どこか共犯者めいた空気が滲み出しているのはなぜなのか。

うまく言えないけれど、危険だということはわかる。わかるのだが、「大丈夫だね、行けるね?」と上司に念押しされてしまえば、「……はい」と頷くほかない。

「よかった。なに、着替えさえあればＯＫだから楽なもんだ。みんなでバーベキューを楽しもう」

「焚き火でマシュマロも焼きましょうよ」

「星空を観ながらコーヒーを飲むのもいいね。ダウンジャケットを着ていったほうがいいかな」

盛り上がっているふたりのそばで、桐生は平常心《へいじょうしん》を保つことに懸命になっていた。

いや絶対にヤバい。

かと言って逃げられるわけもなく、翌週末の朝には早起きして出かける支度を調えていた。緊張《きんちょう》のせいか眠りは浅く、明け方になってようやく寝付いたのでまだ眠い。

「荷物、玄関に用意しといたぞ。下着と明日のニット」

「ありがとう。今日から一日だけいないから」

「わかった。仕事も大変だな、このクソ寒いのに長野か。風邪《かぜ》引かないように厚着していけよ」

「ああ」

タートルネックのニットにウールのスラックス、ダウンジャケットを合わせればまあ問題ないだろう。一応、手袋とマフラーも持っていくことにした。

坂本が玄関までついてきて、「ほらよ」とボストンバッグを渡してくる。ネイビーとグリーンのチェックのボストンバッグは二泊ぐらいまでの荷物なら楽々入る大きさだ。一泊二日の旅で着替えしか入れないのだからちょっと大きかったかなと思うが、「土産《みやげ》、楽しみにしてる」と坂本が笑うので、なんとなく照れくさい感じでわかったと答える。

「気をつけて行ってこいよ」

「……行ってきます」

送り出されるのは初めてじゃないのだが、ちょっと気恥ずかしい。右手にバッグを提《さ》げて桐生は最寄り駅に向かって歩き出した。


新宿から塩尻《しおじり》までは特急あずさで、そこから先はローカル線を使い、ホテル最寄りの駅に着いたところでタクシーに三人で乗った。

電車内では通路を挟んで座ったのでそれぞれ穏やかに話し、弁当を食べた。

駅からホテルまでは十分程度だ。

「うわ、いいところだなぁ……高原ですね。俺、なにげに長野って初めてです」

「僕は何度か来たことがある。このホテルにも。グランピングを始める前からお世話になっていてね、食事がとても美味しいんだ」

「楽しみです」

三人口々に言い、ホテルの支配人に挨拶したあと、敷地内のグランピングに案内してもらう。

ここは、桐生たちが推《お》しているポーランド製の半円形テントをいち早く採り入れたところだ。

大きなドーム型のテントの横に屋根付き、雨よけのカバーがかかったデッキがあり、そこで

くつろいだり、バーベキューを楽しんだりできるようだ。

設備に問題がないか、他に足せるアイテムがないかを全員でチェックする。

「クリスマスツリーの飾《かざ》り付け、いいですね。夜にはライトアップする仕掛けみたいですよ」

叶野が言えば、桑名も頷き、テント内のベッドの寝心地を確かめている。

「最高級のマットレスを使っているだけあるね。抜群の寝心地だ。四人までは泊まれる広さか。充分充分」

「五人以上のグループになったら、隣のもう一棟を使えばいいですもんね。あともう一、二棟増やせそうだけどどうだろう。あ、課長、このランプ可愛いと思いません？」

古風な形をしたランプを手に取り、叶野が微笑んでいる。一見、キャンプで使う黒の真鍮でできたゴツいランプなのだが、ＬＥＤでかなり明るい。

「もうちょっと風情《ふぜい》がほしいところだけど、室内で火を扱うのは危ないですもんね」

「バーベキューが炭火《すみび》だし、中庭でやる焚き火は本物だから、まあ充分だろう。デッキのガーランドも綺麗だ」

桐生の言葉に叶野はうんうんと頷いて、「とりあえず」とキャビネットに近づく。

「コーヒーでもどうですか」

「いいね。いただこう」

桑名もテント内に入ってきた。

それぞれベッドの位置を決めて腰を下ろし、叶野が率先して淹れてくれるインスタントコーヒーを受け取る。

外は冷え込んでいたから、熱いコーヒーはありがたい。

早速、室内もエアコンで暖める。バストイレはホテル本館に行く必要があるが、それをのぞけばほとんどホテルの一室と変わらない。

「これ飲んだら周辺を少し散歩して、一度お風呂に入りません？　あ、でもそのあとにバーベキューだと湯冷めして風邪引くかな」

「うーん。だったらバーベキューまではのんびりして、焚き火のあとにでも温泉に入ろう。露《ろ》天《てん》もあるから楽しみにしておいで。雪がちらついたら最高なんだけどね」

自分を真ん中にして、両側に叶野と桑名がベッドに腰掛け、美味しそうにコーヒーを飲んでいた。

インスタントだけれども湯気の立つコーヒーを飲み、ほどよい沈黙が訪れる。

テント内にはテレビもラジオもないので、なんとはなしにスマホを弄るが、せっかく長野の高原にまで来てデジタルばかりも色気がない。

東京からここまで結構時間がかかったのだ。約三時間半。

電車内ではそれなりに気を張っていたので、今になって少し疲れが出てきた。

それでも散歩に出ようという話になった。

いい疲労のあとにいい風呂。そうしたら食事もとびきり美味しい。

ホテル周辺を三人で歩き回り、資料用にとあちこち写真を撮った。

今はグランピング中心の企画だが、ここからまたなにか新しい発展が生まれるかもしれないという桑名の提案だ。

十五分ほど歩いていたら、身体の芯が冷えてきた。

三人笑い合ってなんとなくテントに戻ると、ホテル側からバーベキューの用意ができたと言われた。

「外で食べるのもオツですね。……ん、うま、信州の牛肉最高！」

三人で代わる代わるトングを摑んで野菜や肉を焼く。

じっくり炭火で焼いただけに、玉葱《たまねぎ》や人参《にんじん》は甘いし、牛肉は香ばしい。最後には味噌《みそ》を塗《ぬ》ったおにぎりを焼いて三人で平らげた。

ビールを酌《く》み交わじ、腹がふくれて一服する。ひとり非喫煙者の叶野を風上に置き、桑名と桐生は紫煙を斜め下に吐き出していく。

ストーブがついていて、半野外でもそこそこ暖かい。

ブランケットを膝に巻こうかとしているうちに、ホテル側から今度は「焚き火の準備ができましたよ」と声がかかった。至れり尽くせりだ。

庭の真ん中に焚き火台が置かれている。

「おっ、いいなぁ。焚き火っていつ以来だろう」

喜んだのは桑名だ。叶野も嬉しそうに火のそばにデッキチェアを近づける。ホテル支配人が気を利かせてブランケットを貸してくれたので、みんな肩に羽織る。

パチパチと爆《は》ぜながら燃える火をじっと見つめる。

右に左に揺れて、大きくなってちいさくなって。

火の粉《こ》が真っ暗な夜空に舞い飛んでいく。

左側から桑名がそっと囁いてきた。

「あまり火を見つめると吸い込まれてしまうよ」

「……え?」

「こころが取り込まれてしまうそうなんだ。違う世界にね」

「違う世界……」

「ちょっと怖いけど、見てみたい気もしますよね」

言い添えた叶野に、「……うん」と返す。

叶野と桑名。

彼らにそれぞれ触れられた身体が、炎《ほのお》を前にして熱くて疼いてしまいそうだ。

——でも、坂本のことを無視するわけにもいかない。

どうやって切り出そう。どう言おう。

——友人の屑に恋心を抱いています。でも全然報《むく》われない。あいつは私をただの実験台としか思ってない。坂本が夢中なのは自分の研究にだけだ。あと、馬。馬にも負けてるのかと思うとさすがにせつない。

「ほら課長」

焚き火台に近づいていた叶野がにこりと笑って振り向く。焼き串《ぐし》に刺さった焼きマシュマロだ。

火傷《やけど》に気をつけながら頬張ると、口の中でとろりと蕩ける。

「僕もいただこうかな」

「甘くて美味しいです」

和やかな雰囲気で夜は更《ふ》けていく。

躍《おど》る炎は頬を炙り、指先も温めていく。けれどやはり寒いものは寒い。

ちらちらと白いものが空から降ってきたことに気づいて顔を上げると、ほかのふたりもそれにならう。

「ああ、雪だ。どうりで寒いと思った」

「じゃ、そろそろ温泉に行きましょうか」

「ですね」

桑名と叶野が「ね？」と桐生をのぞき込んでくるので頷く。

テントに戻って各自持ってきたパジャマと下着を用意し、ホテルの本館に向かう。

少しずつ雪は大きくなり、身体と髪を洗って露天に入る頃には、いい風情になっていた。

桐生は、用心深く胸を隠しながら身体を洗い、さりげなく胸を隠して風呂に浸かった。タオルを風呂の中に入れることができないから、腕組みをして。

露天風呂でも桐生を真ん中に挟んで、両側に叶野と桑名が腰を下ろす。

「あー……さいっこう」

叶野が両手を天に突き上げ、はあ、と心地よさそうなため息を漏らす。

「気持ちいいですねえ課長」

「そうだな」

ふふ、と笑った叶野は、桐生越しに「あのですね」と桑名に声をかけた。

「知ってます、部長」

「なにを？」

「桐生課長のおっぱいがすっごくエッチなこと」

しんと静まり返った。

なんだ？　いったい今なにを言われたんだ？

頭の中で針《はり》なしのホチキスがかちかちかち鳴っているようだった。

それまでの穏やかさが一気に吹っ飛んだ。

なんの前触れもなく、ぶつけられた言葉に反応できず、口を開いたり閉じたり。

「熟れ熟れでむっちりしてるんですよ。色も真っ赤。知ってました？　――ほら」

「あ……っ！」

ぐいっと手首を引っ張られ、隠していた胸を晒されてしまう。石段に腰掛けて浅く浸かっていたから、湯でほんのり色づいた乳首が剥き出しになった。

「な、なにするんだ！」

「ね、見てくださいよ部長。男でこんなにエッチな乳首見たことあります？」

「根元からふっくらしてるな。乳暈が大きいね……乳首の先端、割れてる」

くすりと笑う桑名の声がぐるぐると頭の中で回る。

怖い、怖い。

このふたりが怖い。

なにをしようとしているのか想像がつかない。

「俺、ほんとこの乳首に夢中なんですよねぇ。吸っちゃおうかなぁ……」

唖然としているうちに、大きく口を開けて赤い舌をのぞかせ、叶野が待ちきれないといったふうに片側の乳首に吸い付いてきた。

「こら、叶野！　おい……！」

「あ、ずるいぞ叶野くん。抜《ぬ》け駆《が》け禁止だ」

「ん、ん、だったら、部長も、そっちのちくび、……可愛がってあげてください、よ」

ちゅうちゅうと吸い続ける叶野が言い、ぽってりと勃つもう片方の乳首を指す。なにもされていなくても乳首は色づき、先端は重たげに垂れている。

こんないやらしく崩れた乳首を美味しいなんて。

「じゃ、遠慮なくいただくとするよ、桐生くん」

「あ、あ、部長！」

待ちかねていたとばかりに、じゅううっともうひとつの胸を桑名にきつく強く吸い上げられ、桐生はびくびくっと身体をそらした。

ふたりの体温を近くに感じ取っていたときから、こうなることは予想できていた気がする。

「あ、っや、やめろ、っぁ……！」

叶野はひたむきに、荒っぽく吸い上げてくる。

桑名は口内でれろれろと転がし、乳首をしこらせる。

先に叶野がちゅぽんっと口を離した。

もともと大きな乳首が、愛撫によってさらにふくらんで斜め上を向いていた。

自分でも淫らだと忌々《いまいま》しくなる。

坂本のいたずらによって変形した乳首が感度を増すと、まるで女のそれのように熟れて勃起するのだ。

乳暈も色濃く、桑名がそこすらもちゅ、ちゅうっ、と吸ってきて、さらに強く揉み込んできた。

「っ、だ、め、です、部長……っあ……！」

懸命に声を出すまいとする桐生から、嬌声《きょうせい》を引き出そうとする桑名の愛撫は、執拗だ。

胸筋ごとぐっと揉まれると、腰がよじれるような快感がこみ上げてくる。

乳首だけではなく、乳暈も、それを支える胸筋もひどく敏感になっており、彼らの指が食い込むたびに歯を食いしばってしまう。

「駄目です――誰か、きたら……」

「きたら？　色気の塊《かたまり》みたいなきみを見せびらかそうか」

「あ、ああ……っ！」

叶野が湯の中で天を向く桐生のペニスに手を這わせてきて、ぐちゅぐちゅと扱き始めた。

「いけないひとだなぁ……課長。お風呂汚しちゃうかもしれませんよ」

「それはいけないね。他のひとに迷惑がかかってしまう。舐めてあげなさい叶野くん」

「了解です」

「ん、あっ、あぁっ……！」

風呂の縁にずり上がらされて、股間に顔を埋められた。

肩に止まる雪が冷たいけれど、叶野の口の中はひどく熱い。

蕩けそうだ。

そのまま何度か顔を上下されただけで極まってしまい、桐生はどっと叶野の口内に放った。

「ん……いっぱい出た」

ごくりと飲み込む叶野のくちびるに、白いしずくが垂れていていてひどく淫猥だ。

「風邪を引いてしまうといけない。早くテントに戻りましょう」

「そうだね。おいで、桐生くん」

ふたりに手を引っ張られて脱衣室によろけながら戻り、急いでパジャマを着せられた。

ほの明るいテントに戻り、入口を閉めた途端、むわりと密室の空気が重くなる。

真ん中のベッドにうながされ、両側から桑名と叶野が寄り添ってきた。

「――部長、気になってたんですけど」

「なんだい」

「桐生課長にもう手を出しました？」

「少しね。そういうきみもだろう？」

「バレてました？　ですよね。だってあの打ち上げで課長のスケベなおっぱいを見たら、黙ってられませんよね。部長はどこまでしました？」

「最後まではしてないよ」

「俺も」

「じゃ、今夜ふたりで桐生くんを愛そうか」

勝手に取り決めが成されていく流れに、桐生は茫然《ぼうぜん》とする。

——逃げよう。逃げなければ。

こみ上げる衝動《しょうどう》に突き動かされて弾かれるように身体を起こしたが、すぐにふたりに腕を捕らえられて引き戻されてしまう。

そのとき、爪先《つまさき》がボストンバッグに引っかかって、横倒しになった。さっきパジャマを出したばかりだからジッパーが開きっぱなしだ。

その中からごろりと転がり出てきたものに、叶野と桑名が目を瞠《みは》る。

黒く、長細い物体。男のかたちを模したもの。

バイブレーター。

「なに、……これ」

「桐生くんのお楽しみ用かな？」

「——は？　ち、ちが、います」

「違う？　……でも、ローションもあるよ。ほかには……あ、手錠《てじょう》まである。これはなにかな？　吸盤？　黒いね。どこに使うんだろう」

「乳首……じゃないですか、大きさからして。課長の乳首はこの吸盤で大きくなったんじゃないですかかね」

ろくでもない想像を働かせて楽しむふたりからあとずさるものの、すぐにテントの内壁にぶつかってしまう。

特殊な加工を施《ほどこ》したテントだから、一般的なものよりずっと頑丈《がんじょう》で硬い。

こんなもの、自分で入れた覚えはない。けれど、すべて同居人の坂本が開発したものや買っていたものばかりだ。

そういえば今朝、坂本が荷物をまとめてボストンバッグを渡してくれた。あのときにまさかこれら玩具を仕込まれていたというのか。上に衣服が詰まっていたから気付かなかったし、とにかく急いでいたのだ。

——謀《はか》られた。

セフレがいるのかどうかと疑われたときから、こんな展開になることを坂本は望んでいたのだろうか。

玩具を珍しそうに眺める叶野と桑名の目が爛々《らんらん》としている。

「吸盤、つけてみましょうか部長。この黒い吸盤が課長のおっぱいに吸い付くところ見たくありません？」

「いいね、やってみよう。おいで桐生くん」

「あ……！」

桐生を背後から抱え込み、桑名がキスを仕掛けてくる。震える桐生のくちびるをちろりと舐め回したあと、肉厚の舌がぬくぬくと潜り込んできた。

逃げ惑う桐生が舌を縮《ちぢ》ませてみても、歯列や口蓋《こうがい》を丁寧に舌先でくすぐってきて無視できない。

「……ぁ……っん……」

声が蕩けてきたのがわかったのだろう。

ねっとりと濃い唾液《だえき》を絡《から》めて吸ってくるから身体の芯が甘く疼いてしまって、ろくな抵抗ができない。

もっとよこせというように、舌を大胆に吸う大人の男のくちづけはあまりに罪だ。

その間に正面に跪いた叶野が、がら空きの桐生の胸をじっくりと見つめ、黒い吸盤のひとつを乳首に押し当てて、きゅうっと尖った先端をねじって空気を抜く。

「――は……っぁ……っやめ、っ、かの……う……っ！」

特殊なシリコンでできた吸盤は乳首にぴったりと貼り付き、じわじわと先から締め上げられていくような快感を桐生にもたらす。

「はは、吸盤より乳暈のほうが大きいんだ。はみ出してる。エッチだなあ課長……」

感心したように言って、叶野はもう片方の乳首に噛み付いてきた。

「吸盤に吸い付かれてるほうと、俺に吸われてるほう、どっちが気持ちいいですか？」

「んっ、ん、そんな、の」

「答えられなかったら、この玩具できみを苛《いじ》めてしまおうか」

「や、いやだ、やめ、て……」

桑名が真っ黒なバイブレーターを手にして見せつけてくる。研究馬鹿な坂本がこだわりにこだわっただけあって全体的にぬらぬらと黒光りし、いかにもいやらしい。

「これ、課長の綺麗な口に咥えてほしいなぁ」

うっとりとした口調で叶野が言い、乳首にまた吸い付く。前歯でコリコリと扱かれて、桐生は快感を拾いすぎて呻くしかない。

ずきずきと身体中を蝕《むしば》む心地好さに力が抜けていく。

先ほど、露天風呂で達したばかりなのだ。まだ力は入らないと思っていたが、桑名が手を前に回してきてパジャマのパンツの中に手を差し込む。

「ふふっ、可愛いものだ。もう硬くなっているよ。さっき叶野くんに飲んでもらったばかりなのにね」

「あ……あ、……そ、んな……っ」

くにゅりと亀頭をくすぐられ、「俺にも見せてください」とねだる叶野に下着をずり下ろされた。

途端にぶるっとしなる肉竿が飛び出て、彼らの視線が集中する。

「やらしい色してる……ねえ、思ったんですけど、課長ってあんまりセックスの経験ないんじゃないです？」

「僕もそう思う。綺麗な色してるよね、乳首はこんなに淫らに崩れてるのに」

「そ――んな、ちが、ちがう。ある、あります」

「本当に？　誰かにこれ、突っ込んだことあります？　ガンガン腰振ったりしたことあるんですか？　なんか想像つかないけど」

甘く、執拗に問われる間も乳首をねちねちと捏ね回され、足の爪先から頭の中までつぅんと痛みのような快楽が走り抜ける。

「あぁぁ……ッそ、んな、ふうに、したら……っ」

ああ、もう駄目だ。

こんなふうにされてしまったら、乳首を弄られるだけで射精してしまう。

その予兆《よちょう》に身体を震わせると、叶野がぐっと腰を摑んで前に引き出し、ぐるんと仰向《あおむ》ける。

そうすると秘所が真上になってしまい、叶野と桑名の見たい放題だ。

「ッ、やめてください……！」

「こっちも慎《つつ》ましやかだ。なるほど……開発されているのは乳首だけかな」

「ですよね。アナルもココもろくに弄られてない。オナニーもろくにしないでしょう課長」

普段の自分だったら声を荒げて怒鳴っていたはずだ。

なにを言ってるんだこの人たちは。私の身体を好き勝手にして。

……この乳首まで見て、触って。

吸盤が貼り付いたほうの乳首に手をかぶせ、むにゅむにゅと揉んだ叶野が舌舐めずりをし、今度は桐生の尻に手をかける。

そうしてぴたりと閉じたアナルの縁を指でやさしく押し、そう簡単に開かないとわかると大きな舌をのぞかせた。

「舐めちゃおーっと……」

「おい、こら……っかの、かのう……っあぁ、っ、あっ！」

ちいさな孔を指で引っ張ってこじ開け、中にとろーっと唾液を落とし込んでくる。熱い感触にぶるぶると瘧《おこり》のようなものが襲ってきて、内側からじわりと疼き出す。

潤ませようとしているのだろう。

どんどん唾液で湿らせてくる叶野が、そうっと指を挿入《そうにゅう》してきて孔を広げ、しっとりした粘《ねん》膜《まく》を擦り始めた。

「あ、っ、あッ、や、やだっ、んっ、んん、あぁっ」

反射的に声が迸《ほとばし》った。中を探られるという未知の感触にぞわっとうなじの産毛《うぶげ》が逆立つ。気持ち悪いのか、違うのか、判別がつかない。

「やだ、いやだ、やめろぉ……っ」

「嫌なだけじゃないだろう？　……ほら」

「あぁ……！」

背後の桑名が乳首を強めにねじってきて、きゅんとした甘い快感が下肢へと直結する。

どうしてなのか自分でもわからないけれど、桑名に乳首を弄られると同時に叶野にアナルを探られると、腹の深いところに熱が宿り、次第に腰がうずうずと動いてしまう。

「や、や……っこわ、い、から……っ」

「大丈夫大丈夫、痛くしませんから。あー……課長のここ、あったかい……ねえ部長、俺たち専用のメスにしちゃいましょうか」

「いいねえ。桐生くんのこの綺麗な顔が、メス化してくれたら僕はそれだけでイってしまうよ」

「じゃ、もっとやわらかくしますね」

張り切る叶野がローションボトルを手に取り、手のひらに広げて温める。

それを桐生のアナルに塗り込んできて、はくはくとひくつくのを愉《たの》しんだあと、唐突に尻を摑んでぎゅぎゅっと揉み込んできた。

中でぐちょぐちょとローションに襞《ひだ》がまみれていくのがわかる。

「あっ、ん！　んんっ、あっ、あぁっ！」

少し刺激性のあるローションなのだろう。中が疼いて疼いてたまらない。

熱く火照る襞をどうにかしてほしくて腰をよじると、また指がくねり挿ってきた。

先ほどよりはたやすく挿った指が慎重に出挿りし、ぬぐぬぐと上向きに擦ってくる。

不快感しかないと言いたいのに、ある一点を指先が掠めたとき、「あっ」と声が弾んで腰が浮き上がった。

「や、っだ、そこ……！」

「ん？　課長のいいとこ、俺見つけました？」

嬉しそうに笑う叶野が少し力を入れてぐっぐっと上壁を押してきて、重たくしこる場所を探り当てるとやさしく揉んでくる。

「ひ……っぁ……っあぁ……っ！」

「ここはね、課長の前立腺《ぜんりつせん》。男ならみんな感じちゃうところだから、安心して声出していいんですよ」

「うっ、う、く、っぁ、あぁっ」

そこを押されるたびに、漏らしてしまいそうなほどの快感が忍び上がってきて、怖い。

「課長はちょっと強めにされるのが好きなのかな？」

「初めてだろうから、やさしくしないといけないよ」

「あ、ですよね。すみません、俺もう我慢できなくて」

膝立ちになり、叶野が息せき切って裸になる。

彼のそれはもう怖いほどに反り返っていて、太い裏筋が幾《いく》つも浮き上がっていた。

亀頭は大きく、くびれは極端《きょくたん》に締まっていて、そこから根元までがまた太くて長い。

男の昂ぶった性器を露骨に見せられて、ぞくりと震える。

これに、今から犯されるのか――。

坂本にだって明け渡したことがないのに。

「わ、私は――……その」

「なんだい？」

ひどいことをされたくなくて、みっともなく声が掠れた。

未経験であることを打ち明ければ、ふたりは目を丸くした次に笑うかもしれない。

でも、いい。笑われてもいい。怖いことをされたくない。

真実を明かせばふたりは手を止めてくれるかもしれない。

「……経験が、ないんだ……」

「男と？」

「……女性、とも」

「じゃ、本当に本当の童貞でバックバージン？」

無遠慮《ぶえんりょ》な叶野の言葉にこくりと頷く。

だから怖いことをしないでくれ。

そう懇願したかったのに、叶野の目はいよいよ炯々《けいけい》と輝き、自分の雄をゆったりと扱き始め、先走りを垂らす。

「いいですね、すっごくいい……俺も課長を犯したくてたまりませんよ。部長、先に俺がいただいちゃってもいいですか？　俺の精液で目一杯濡らしておきますから」

「うーん……仕方ないか。上司としてよい部下を育てるために優先してあげないとね。そのかわり、力ずくは駄目だよ。ちゃんと桐生くんを感じさせること」

「任せてください」

彼らの間で身体を引き倒され、両足を広げさせられた。

さっきまで指が探っていた場所に、大きなものがあてがわれる。

「ゆっくり挿れますから……頑張って」

「な、っも、あ、……馬鹿、……馬鹿野郎……っ」

ひとの話を聞いていたか。

両足をばたつかせたつもりだったが、たいした抵抗にはならなかった。

足首を掴まれて、密やかに締まる孔へずくりと挿し入ってくるカリの大きさ、そして圧倒的な熱を感じてぐうっと身体がのけぞる。

「あぁ……っひ……ィっ……」

飲み込まされていく男根の雄々しさが信じられない。

肉輪をくぐり抜けるのもやっとなのだろう。く、と呻く叶野が「もう少し、頑張ってくださいね」と言い添えながら腰を進めてくる。

「あー……課長、蕩けそう……。待っててくださいね部長、俺ので馴《な》らしておきますから」

ゆるゆると腰を動かし、叶野は掘《ほ》り進めてくる。

ふたりがかりでねっとりと全身を愛撫されたとはいえ、初めての挿入だ。

こんなにきつく、狂おしいなんて思っていなかったから息をするのも忘れる。

は、は、と浅い呼吸に気付いたのだろう。

桐生の髪を梳《す》いていた桑名がやさしく笑いかけてきて、ほら、と胸をするりと撫でてきた。

「大丈夫、落ち着いて。僕と叶野くんはきみを愛したいだけだよ。こころも身体も解き放って、きみの思うままに乱れていい。嫌だったら嫌だと言っていいんだよ」

「い……っ」

嫌だ、と答えようとした瞬間、叶野がぴたりと動かなくなった。中程にはめ込んだまままちっとも身動ぎせず、そのままの形が刻《きざ》み込まれてしまいそうだ。

「な、なにし、て……っかの、う」

「だって嫌かもしれないでしょう？　だから動かないほうがいいかなって。課長からほしいって言ってくれたら動けるけど……俺、頭悪いから教えてください。本当に嫌？　それとも少しは気持ちいい？」

「く……！」

動かないけれど、さっき指で散々擦られた前立腺に叶野のカリが引っかかっていて、ずっと甘痒く刺激されていた。死にたくなるほど気持ちいい。内襞が蠢いてどうにかなりそうだ。もっと大きく動いて、いっそめちゃくちゃにしてほしかった。

「う……っ……、う……」

視界がぼやける。

滲む。

いつの間にか涙をぼろぼろこぼし、桐生は男の腰に両足を巻き付けていた。

「うご、け……っ」

むくりと中で叶野が嵩《かさ》を増す。

張り出したカリが重たくしこる前立腺を淫らに圧迫していく。

その奥にはもっと潤む場所があるのだということを、叶野は知っているのだろうか。

息をするたびに身体の中の叶野の存在感が大きくなっていく。

串刺《くしざ》しにされたい。声が出なくなるほどに動いてほしい。

「それって抜いちゃ嫌なんですか？　抜かないで、いっぱい突かれたほうがいいんですか？

俺がほしい？」

「あ、あ……」

限界だった。身体中に火が点いて、壊されようともう行き着くところまで行き着きたい。

「……ほしい……！　……つい、て……たくさん、突いてくれ……っ」

「いい子ですね、課長……いっぱい突いてあげる」

言うなりぐっぐっと抉ってくる叶野の動きが容赦なくて、桐生は悶え狂った。

肉洞をかき分けてくる男の逞《たくま》しさに圧倒され、びりびりした刺激が迸る。

桑名も黙っていない。叶野の抽挿《ちゅうそう》に合わせて乳首を揉んだり引っ掻《か》いたりして、しまいには吸盤をきゅぽっと外してから思いきり吸い付いてきた。

「ン、ンっ、あ、そこ、やぁっ！」

乳首とアナルを責められる激しい快感に振り落とされそうだ。

桑名の舌で舐め回される乳首が硬く勃ち上がり、やんわりと嚙まれるとその快感がアナルへと直結する。

叶野の剛直は最奥まで届いていて、そこで初めてゆったりと腰を遣い始めた。

狭い場所をみちみちに押し広げて叶野だけで満たし、散々擦られたことでふっくらと腫れぼったくなった前立腺をも亀頭で舐め上げていく。

そのぞわりとした感覚にどうしても黙っていられなくて声が上がった。

「……んん、あ——あ……きもちい……っ」

「お尻、気持ちいいんですか課長。中きゅんきゅんだもんね。……ああ、俺もいいですよ、イきそう。ねえ課長、中、出していいですか？　このまま一緒にイきましょう？」

「う、ん……っ」

かすかに頷けば、叶野が強く腰を押し込んでくる。一突き一突きが重たく、互いの引き締まった陰嚢すらぶつかるほどだ。

「い、あぁっ、イく、イく……！」

「いいよ、イってごらん。僕が扱いてあげよう」

「あー……！　あ、あー……っ！」

「くっそ……締まる……！」

桑名にペニスを扱かれ、忘我《ぼうが》の境地《きょうち》に叩き込まれた桐生は、極彩色《ごくさいしき》の絶頂に飲み込まれ、どっと熱いしずくを噴《ふ》きこぼした。

追って、最奥をずくずくと突いていた叶野が、ひとつ息を深く吸い込み、たっぷりと撃《う》ち込んでくる。

暴発《ぼうはつ》、と言ってもおかしくないぐらいのそれに瞠目《どうもく》すると、頭のほうで桑名が手早く自身の前をくつろげて、いきり勃ったものを扱くなり、桐生の顔に向けてぴしゃりと吐精した。

「あ、あ……」

ふたりがかりで犯され、汚された。

身体の中を、顔を。

ままならない息継ぎの間にも、どろどろとしたものが頰を伝い、くちびるにすべり込んでくる。苦く、青い、桑名の味だ。

「やべえ……抜きたくねえな……」

余韻に浸っている叶野が抜き挿しを繰り返し、男の熱を初めて知った桐生をじっくりと味わう。

「そろそろ僕と交代してもらわないと。顔射だけじゃやっぱり満足できないからね」

「ですよね。あー……でもいいな、精子ぶっかけられた課長の顔、最高に綺麗。写真、撮っておきますね」

そう言って叶野は近くに放ってあったスマートフォンを手にし、シャッター音を派手に鳴らす。

叶野との結合部、白濁にまみれた顔、赤く爛《ただ》れた乳首のすべてを写してようやく満足したところで、ずるりと引き抜き、上司と場所を入れ替わる。

「今度は僕をご賞味《しょうみ》いただこうか」

とろとろと叶野の残滓がまだあふれている秘所に、桑名が微笑みながらゆっくりと突き込んできた。

長く、硬く、怖いぐらいに反り返った男根を。

「ん……ん……ぁ……」

呻けば呻くほど、この身体はふたりを愉しませている。

冬の夜は長い。開かれたばかりの身体を熱くして、桐生はふたりの男が放つ雄の体香に溺《おぼ》れていく。

外の焚き火はもう燃え尽きていたけれど、桐生の中には冷めやらぬ炎がある。

五章

長野の山奥で存分に愉《たの》しんだのだから、ふたりは満足しただろうと一瞬は思った。

だが、帰京してすぐにそれが誤《あやま》りだということに気づいた。

先制してきたのは桑名《くわな》だ。上司命令として桐生《きりゅう》を打ち合わせに同行させ、東京を離れるために車に乗せていく。

訪問先で無事仕事を終えてほっとするのもつかの間、その車のハンドルを回す手が高速道路沿いのラブホテルに向かうのを信じられない思いで見つめていた。

「あ、の」

「待ったんだよ」

問いかける前に運転席から桑名が軽く頰《ほお》に触れてきて、「行こう」と手を摑《つか》んでくる。指と指の谷間を意味深に擦《こす》られると、まるで魔法にかかってしまうように、ふらふらと助手席を降りてしまった。「いいえ」と言わなければいけないところなのに。

男同士でも入れるラブホテルを桑名はあらかじめチェックしていたらしい。誰とも顔を合わせずに、カードキーが排出《はいしゅつ》されるシステムのホテルを選んでいた。

こういうホテルはゴテゴテしたインテリアで、昭和を思い出させるようなところだという思い込みがあったが、桑名に連れていかれたのは普通のビジネスホテルと変わらないシンプルさだ。

しかし、室内に入ってすぐわかる。

ダブルベッドには真っ赤なサテンのカバーがかかり、雰囲気《ふんいき》を高めるためなのか、甘めのアロマオイルが焚《た》かれていた。

いかにも、という雰囲気に気圧《けお》されたのがわかったのだろう。桑名が落ち着かせるように肩を抱き寄せてきた。

「シャワーを浴びておいで」

「……」

なにか言いたくて、でもなにも言えなくて、くちびるを噛《か》み締めながら桐生はバスルームへと向かう。

彼らには、淫《みだ》らな写真を握《にぎ》られているのだ。

グランピングから帰ってきてから、ラインで桑名、叶野《かのう》、桐生のグループが作られ、そこにあの日のあからさまな写真の数々が載せられた。

写真はどれもぎりぎりのアングルだった。

一応、SNSの規約を気にしているのだろう。

上気した桐生の顔に、腹に、白濁《はくだく》が飛び散った写真もあれば、乳首《ちくび》に黒い吸盤《きゅうばん》をかぶせている写真もある。結合部のところでカットしてはいるものの、いかにもセックス真っ最中の写真もあった。

なにより赤く崩《くず》れて肥大《ひだい》した己《おのれ》の乳首を、叶野と桑名に片方ずつ指でつままれた写真は正視できなかった。コリコリ弄《いじ》られて大きくふくらみ、先端《せんたん》の縦割《たてわ》れがむにゅっと開いている。

……気持ちいいなんてものじゃなかった。

乳首を弄られながら挿入《そうにゅう》されると、気が狂《くる》ってしまいそうなほどの快感《かいかん》に襲《おそ》われ、声を嗄《か》らした。

あの日、グランピングの宿泊客は自分たちだけだったので、声が漏《も》れてしまっても誰にも知られずにすんだ。

それでも一抹《いちまつ》の躊躇《ためら》いがあり、両手で口を覆《おお》ったのだけれど、すぐに叶野に外《はず》されてしまった。

あのときの物憂《ものう》い疼《うず》きがまだ胸の尖《とが》りに残っている。

シャワーを浴びている最中に、そんなことを考えていると無意識のうちにそこに触りそうになってしまい、ハッとする。今まで坂本《さかもと》にどれだけ開発されようとも、自分自身で乳首を弄って感じることはなかった。

だが、もう違う。

叶野と桑名の痕跡《こんせき》が色濃く残された身体では、なにを言い訳にしても説得力に欠ける。

のろのろとシャワーを浴びて外に出ると、桑名が入れ替わりにバスルームへ入る。

ぼうっとしながら冷蔵庫からミネラルウォーターを取り出して飲んでいると、桑名が薄いバスローブを羽織《はお》って出てきた。

そして隣に腰掛け、おもむろに桐生の胸元をはだけて、豆粒大《まめつぶだい》にふくれた乳首に吸《す》い付く。

「な……っ！　ぶ、部長……！」

「どれだけこの乳首を吸いたかったことか」

赤い舌先を淫《みだ》らにくねらせて乳首にむしゃぶりつく桑名は、すぐに噛み付く叶野と違って、ソフトタッチだ。

乳頭《にゅうとう》を口に含《ふく》んでちゅうちゅうと吸い付き、まるでミルクを出そうと躍起《やっき》になっている子どもみたいだ。

時折《ときおり》、べろりと乳暈《にゅううん》ごと淫らに舐《な》め回す。

「どうしてこんなにいやらしい色になったんだか……自分でしてきたのかい？」

「……ち、がいます」

乳首を吸われながら相談することではないのだが、あちこちまさぐられながら坂本のことを話す。

「……昔からの友人で、大人の玩具《おもちゃ》開発に夢中になっている奴がいて……私はそいつの実験台なんです」

「なるほど、だからあんなおかしな吸盤やバイブレーターがあったんだね。いや、理性的なきみがじつはとんでもない淫乱《いんらん》だとしてもそれはそれで愉しいが、なにかほかにわけがある気がしたんだよ。聞けてよかった。ちなみに、その男はきみの恋人？」

「……いいえ。友人です。情けないのですが、私の片想いで……」

「僕なら必ずきみを幸せにするのに」

組み敷いてきた桑名が、カチカチに硬くなった乳首を舌先でせり上げ、食《は》んだり嬲《なぶ》り回したりする。

その頃には、もうとっくにじわりとした熱が全身を覆《おお》っていて、桑名の髪を両手でまさぐっていた。

突拍子《とっぴょうし》もないことをする上司だが、気遣いは本物だ。

「僕の恋人になるのはどうだろう。悲しい思いはさせないよ」

「部長……」

「叶野くんが黙っていないとは思うけどね。でも、そんな不毛《ふもう》な関係には終止符《しゅうしふ》を打って、僕に身を委《ゆだ》ねるといい。弄《もてあそ》ばれているきみを存分に癒《い》やしたい」

そう言って桑名は労《いたわ》しそうな目つきをし、ベッドヘッドに置かれたローションを手に取って、桐生の昂《たか》ぶりから窄《すぼ》まりへと垂《た》らす。冷たい液体で濡《ぬ》らされて落ち着かない。

「あの、部長……する、んですか」

「するよ?」

こともなげに言われて言葉に詰《つ》まるが、猛々《たけだけ》しいペニスを見せつけられて、身が竦《すく》むのと同時に、最奥がきゅんと締《し》まった。

この間も、この悪い男に散々《さんざん》泣かされたのだ。

荒《あら》っぽい叶野のあとに、なだめるように桑名が挿《はい》ってきて、精液で潤《うる》みきってヌチュヌチュの肉襞を存分に愉しんでいた。

途中、何度か意識を飛ばしかけたが、桑名が精力的なのは覚えている。じっくり時間をかけ、桐生をおかしくさせるのだ。

「きみが好きだよ、桐生くん。入社したときから、なんて聡明《そうめい》で美しい男なんだろうと思っていた。僕の部下になってもらってからは毎日が薔薇色《ばらいろ》のようでね。男同士だし、このまま ずっと気持ちは秘密にしていくつもりだったんだけど、きみの乳首を見てしまったら、あとには引けなくて」

「んっ、桑名——部長……っあ、あっ」

アナルをの縁《ふち》をなぞられながら熱っぽく告白されて、身体の内側がいやらしく蕩《とろ》けていく。

——自分だって、尊敬してきた。いつも上にも下にも穏《おだ》やかで気配りが利くひとで、いつかは自分もこうなりたいと思わされる人格者だった。

そんなひとに密《ひそ》かに愛されていたのかと思うと、自尊心がくすぐられる。

身体に触れられることにも意味がある気がしてきて、ぎこちなく腰を振り、「あ、あの……」と声を上擦《うわず》らせる。

「私も……なにかしたほうがいいでしょうか」

「ん？　そうだね、いつかね。この間強引に顔射してしまったから、今日はきみを徹底的《てっていてき》に甘やかしたい」

上司に奉仕させるなんてあり得ない。そう思うが、いざなにをすればよいのかと考えると想像がつかない。

桑名の手入れの行き届いた指が、くねりながら中へと挿ってきた。

「んぅ……！」

グランピングの夜、桑名と叶野に散々嬲り尽《つ》くされた身体だ。

これ以上、もうどこも触られていない場所はないはずだと思うのに、ふたりきりの吐息だけが聞こえる場所では長い指の感触がやけにリアルだ。

すうっと挿し入ってきた指が、中をぐるりと撫《な》で回す。

喘《あえ》ぐ桐生の肉襞を火照《ほて》らせ、ローションも混ざってぐちゅぐちゅと音がしたところで、桑名は長大なものをあてがってきた。

冷静に見えてその実、待ちきれなかったようだ。

叶野ほどの巨根ではないのだが、桑名のそれは長く硬さもあり、奥の奥まで突いてくる。

「ん、……――っあ、あ、……んん……っ」

ぐぐっと押し挿ってきた男根に、快感に蕩けた声がこぼれてしまう。

性交そのものはこの間の夜が初めてだったけれど、長いこと坂本にいたずらされてきたのだ。

逆に新しく教えられた官能《かんのう》に浸《ひた》ってしまい、犯してくる桑名の腰を両腿《りょうもも》で挟《はさ》み込んで、すりっと擦り上げた。

そうすると中に刺《さ》さる硬さがより感じられ、――男に犯されているのだという事実を、桐生の意識に色濃く刷《す》り込んでくる。

もったりと熱くなっていく媚肉をかき分け、桑名が腰を遣ってくる。

ふたりがかりで愛されたときは息つく暇《ひま》もなかったが、こうして一対一で向かい合うと、桑名の愛撫《あいぶ》が洗練された大人のものだということがよくわかる。

思いやりがあって、桐生の悦《よろこ》ばせ方をよく知っているのだ。

逞《たくま》しい竿が火照った粘膜の中を繰り返し行き来して、息を詰めた瞬間、乳首を強めに噛まれた。

「あ、あ……っ！」

やさしい男だと安心していたのが、透《す》けて見えたのかもしれない。

乳首を噛まれた衝撃《しょうげき》で思いきり吐精してしまい、極端《きょくたん》な痛みと快感は隣り合わせなのだと知った。

「たくさん出したね……いい子だ。きみは精液がたっぷり出る子なんだね、可愛いよ」

二十九歳にもなって可愛いと言われ、赤面するしかない。

まだじわじわと身体中に広がっている快感が手放せないでいると、桑名はゆったりと腰を遣いながらも、巧《たく》みに桐生の心地《ここち》好さを内側に引き込んでいく。

一度達したあとも突かれると、より深い快感が滲《にじ》み出てくることを、桐生は桑名たちに抱かれて初めて知った。メス化する、というのはこういうことだろうか。アナルを性器のように扱《あつか》われ、最奥まで肉竿でいっぱいにされ、たっぷり擦られてしまう。

射精だけでは得られない絶頂感にのけぞれば、桑名が喉元《のどもと》に歯を突き立ててきて、どぷりと放ってきた。

「ん、っ、あ、あぁ、くわ、な――……」

部長、と呼びかけたくちびるをふさがれて、くたりと脱力《だつりょく》する。

「まだ中が熱く締め付けてくるな……きみはどうもひときわ敏感な性質《たち》のようだ」

くすりと笑い、桑名が体位を変え、今度は隣に寝そべりながら背後から貫《つらぬ》いてくる。

部長だって。あなただって。

果てることを知らない男の熱い芯《しん》に突かれながら、桐生はぎらぎらした部屋で掠《かす》れた声を上げ続けた。

桑名の次は思っていたとおり叶野が誘《さそ》いをかけてきた。

「俺の運転で外回りしません？」

その言葉に頷《うなず》けばどうなるか嫌というほどわかっているのに、胸が急に疼いてしまう。

桑名と叶野に抱かれてはっきりと変わったことがひとつある。

胸が本当の性感帯になったのだ。

坂本の開発によって大きくしこった肉芽だが、以前は性器と一緒に触られなければ達することはなかった。

しかし、今は違う。

運転席に座った叶野がいたずらっぽく笑って、すっと桐生の胸元を指で掠めてくる。それだけで、びくんと身体が揺れる。

「直接触ってほしいんですよね」

頷きたくても頷けなくて、しっかりとシートベルトを締める。

警戒《けいかい》しているのがわかったのだろう、叶野がちいさく笑うとアクセルを踏《ふ》み、ハンドルを回す。

幾《いく》つか得意先を回り、最近の状況《じょうきょう》を聞く。

電話でもすむ用事だが、やはり人づき合いが大切な仕事だ。

叶野と一緒になってこまめに近況《きんきょう》を聞き取り、業績を伸ばすために必要な品々はないかと模索《もさく》し、持参したタブレットPCに打ち込む。

桑名のときのように、帰り際《ぎわ》ラブホテルに向かうのかと内心ハラハラしていると、意外にも二軒目の得意先を回ったあと、「よく行くんですよ」と都心からやや離れた場所にあるフレンチレストランに案内された。

時刻は十三時半。

ランチ客のピークはいったん過ぎ、ほどよく空《す》いた店内の窓際に陣取《じんど》ることができた。

「なんにします？　ここ、なんでも美味しいけど、今日のおすすめランチが絶品ですよ」

「じゃあ、それにしよう」

やってきたウエイターに本日のおすすめランチをオーダーし、なんとはなしにさっきまで回っていた得意先のことを話す。

そのうち、前菜が運ばれてきた。

前菜は鴨《かも》を使ったバロティーヌ。インゲンに人参《にんじん》の取り合わせもいいし、白い皿にソースが綺麗にかかっていて目にも楽しい。

温かい料理なのでほっと息をつき、旬《しゅん》の野菜と生姜《しょうが》のサラダも美味しく口に運んだ。

「温まるな。生姜が美味しい」

「ですよね。俺も好きなんです。こう見えても冷え性なんで、いまぐらいの時季はジンジャーティーを作ってよく飲みますよ」

「きみが？　そういう細かなこととは無縁《むえん》そうに見える」

「そんなことないですって。こう見えてもマメです。課長の恋人になれたら一日中尽《つ》くしちゃいますよ」

言いながら、生ハムとルッコラのフジッリを食べる。メインが重くないのはいい。ランチで腹一杯になってしまうと、どうしても眠くなるのだ。

ランチを堪能《たんのう》し、食後のコーヒーを飲んでいると、「ね」と叶野が身を乗り出してきた。

「部長とエッチしましたよね」

「……ッ」

派手《はで》に噎《む》せなかっただけでも自分を褒《ほ》めてやりたい。

今のがわかりやすい答えになったのだろう。「あーやっぱり」と言って叶野は苦笑いする。

「先越されると思ったんだよなぁ。グランピングの夜、絶対俺より先に課長に挿《い》れたがってましたもん」

「叶野……！」

昼過ぎに交わす言葉かと咎《とが》めようとしたが、彼の声は低く穏やかで、周囲にも客はいない。

「おっぱい、たくさん吸われちゃいました?」

「……」

そんな問いかけに答えられるはずがない。

「ですよね」と、それを肯定《こうてい》と取った叶野が胸元をじっと見つめてくる。

「――あのとき、最初に居酒屋であなたの乳首を見たとき、部長のほうが早々に手を出しそうだったんです。だから先手を打った。課長の熟《う》れたいやらしい乳首に触れるのは俺が先だって」

「叶野……」

「でもやっぱり、課長の乳首を開発したひとは他にいたんですね。部長から聞きました。その同居人さんとは、これからも関係を続けていくんですか?」

それを問われると弱い。

機微《きび》に聡《さと》い坂本は、桐生がアナルセックスを経験したことをいち早く見抜いていた。グランピングの翌日、帰ってきたときの様子でわかったらしい。

『やってきただろ』

そう言ってにやりと笑い、『玩具は役に立ったか?』とまで言った。

こんな馬鹿男、蹴《け》り飛ばしてでも追い出せばいいのに、揉《も》み合いながらベッドルームに連れ込まれて裸《はだか》にされ、四つん這《ば》いにさせられた。

『なるほど、アナルセックスすると縁がふっくら盛り上がるんだな……』

『み、見るな……！』

秘所をじっくり見られた夜のことをけっして叶野には言えない。

調子に乗った坂本は、『もっといい玩具を開発してやる』と息巻いていた。

「……迷ってる。ここでいきなり突き放すと、なんだかろくでもない展開になりそうなんだ」

「手を焼いてますね。でも、別れる気はないんだ」

「腐《くさ》れ縁《えん》だからな」

「そのひとのことがそんなに好きですか？　安心させてくれない恋人とかにドキドキするタイプ？　課長って一歩間違ったらDVを受けやすいんじゃないですか」

違う、と言い切れないのが悔《くや》しい。

殴《なぐ》る蹴るなんてもってのほかだが、身体を自由に弄ばれている点では坂本の言いなりだ。

コーヒーについてきたビターチョコレートを齧《かじ》り、叶野は仕方なさそうに笑う。

「でも、それが課長の好きなひとなんだもんね。悪くは言いません。だけど、もししんどくなったら俺がいるって思い出してください。俺は……確かに最初ちょっと無理強《むりじ》いしちゃったけど、課長を実験台なんかにしないし、徹底的《てっていてき》に尽くしたい。部長よりも若いから体力にも自信があるし、未来だって期待できるでしょ？　お買い得ですよ」

「大きく出たな」

思わず笑った。

淫らな空気になることはぎりぎり避《さ》けて、笑い話にしてくれた叶野に感謝したい。

帰りの車中でも世間話に終始し、無事に社に着いた。

「……てっきりどこかラブホテルにでも寄るのかと思ってた」

ぽつりと言えば、「そうしたかったんですけど」と叶野が手を掴んでくる。

「立て続けだと飽《あ》きられるかもしれないし。こういうのは駆《か》け引きが肝心《かんじん》でしょ。課長、俺ね、『待て』は得意なんですよ」

わかったようなわからないようなことを言う部下に噴《ふ》き出し、ふたりで車を降りた。

その夜、家に帰ると笑顔の坂本が出迎える。

「遅くまでご苦労さん。鍋《なべ》の支度ができてるぞ」

「あ、ああ」

家事は彼に任せっきりなので「ありがとう」と言いつつも、なんだろう、なぜか彼の笑みに不安が拭《ぬぐ》いきれない。

「担々鍋《たんたんなべ》にしてみた。もやしとニラ、きのこと挽肉《ひきにく》をどっさり入れて、辛《から》めの味付けにしてみたんだ」

「美味しそうだな」

「だろ？　締めはラーメンな」

着替えてこいと言われたので、そそくさとルームウェアに着替え、食卓へとつく。もうカセットコンロが用意されていて、鍋が置かれていた。

ごはんとサラダ、ひじきの煮付《につ》けに白菜の浅漬《あさづ》けも並んでいる。

向かいに座った坂本が鍋摑みを使って蓋《ふた》を開けると、ふわりと白い湯気《ゆげ》が立ち上る。鼻腔《びこう》をくすぐる美味しそうな辛みのある匂いに、ぐうっと腹が鳴り、盛り付けてもらった小《こ》鉢《ばち》を受け取った。

辛いものが大好きなことを知っていて、坂本はよく腕をふるってくれる。

いっそおかしな玩具開発など辞《や》めて、家事代行サービスでも起業したほうがいいんじゃないのかと思うのだが。

「面倒《めんどう》だろそんなん。俺とおまえの仲だからやってんだよ。知らん相手にここまでサービスするつもりはない」

にべもなく言われたけれど、ふわっと胸が温かくなる。

もしかして――ひょっとすると、少しは坂本も自分のことを想ってくれているんじゃないだろうか。

なにせ十年越しのつき合いだ。友情を超えた気持ちを抱いてくれていたって不思議《ふしぎ》ではない。

そわそわして箸《はし》を進める桐生のグラスに冷えたビールを注ぎ、「あのな」と坂本は機嫌よさそうに笑いかけてきた。

「ちょっと面白いことを始めようと思うんだ」

「なんだ。俺に迷惑《めいわく》がかかることじゃなかったら歓迎《かんげい》する」

「大丈夫大丈夫、任せとけ。クラウドファンディングをやろうと思ってる」

「は？　クラウド……？　は？」

なんで？

なんのために？

「おまえの胸に取り付けた吸盤あるだろう。あれの吸引力をもっと高めて、リモートコントロールできるようにして、オナニーでもセックスのときでも使えるグッズにしたいんだ。そのためには開発費がいる。だが、おまえだけに頼るのはさすがに悪い。というわけでクラウドファンディングだ。どうだ、いい案だろ」

「……馬鹿かおまえは！」

気付けば怒鳴《どな》っていた。

「誰が大人の玩具に投資するっていうんだ。メーカーならともかく、クラウドファンディングっていうのはだいたいが一般人が対象だろう。そんな相手に金を出させようなんて土台無理な話だ。なにを夢見てるんだ」

機嫌《きげん》がいいと微笑《ほほえ》んでいたら、思いきりずれたことを言い出して頭が痛くなってくる。

「べつにおまえに迷惑はかからない。それどころか出資者が集まってくれたら万々歳《ばんばんざい》だぞ。ここより広いところに引っ越すことができるかもしれないじゃないか」

「いまより広い部屋に行く意味がわからない。ふたり住まいでこれ以上の部屋が必要か」

「研究部屋がもうひとつあると助かるんだよな。音を出しても怒られなさそうなところ。ここ、マンションだからさ、一応防音されているとは言っても大音量はまずいだろ?」

「なんの音を出すつもりなんだ……」

話していたらげんなりしてきて食欲も失せる。

それを見て慌《あわ》てることもない坂本はゆうゆうと鍋を平らげ、締めにラーメンを入れる。

「ほらほら、いい感じに煮《に》えたぞ。伸びないうちに食え」

「……本気でやるつもりなのか」

「やる」

「出資してくれた相手に、吸盤の他になにを渡すつもりなんだ」

言えるもんなら言ってみろ。

そうながすと、ラーメンをずるっと旨《うま》そうに啜《すす》る坂本がにこやかに言う。

「まず、五千円からスタートだ。ここは俺が最初に開発した『極薄ずぶずぶ♡快適絶頂スキン』をおまけにつける。俺のサインもついでに」

「おまえのサインになんの価値があるんだ」

「ま、そう言うな。一応これでもアダルトグッズ界での俺はそこそこ有名なんだぞ。次に一万円の支援者《しえんしゃ》にスキンのほかに『真ぬるぬるリッチ☆抜群快感ローション』をつける。刺激剤が入ってるんで人気なんだ。権利を渡したメーカーでも生産が追いつかないらしい。ヒット商品だよな」

ラーメンを啜るが味がしない。なにを食べてるんだろう自分は。

三万円、五万円と支援者の説明が続き、「最高額の十万円には」と言い置いて得意げな顔をする坂本が腕を組む。

「仕上がったばかりのバイブレーター『絶対イクイク！極太失神生々鬼棒』がおまけでつく。太っ腹だろ。五段階式で強弱がついて、亀頭がうねうね動くんだ。ネットで有志を募《つの》って試供品を試してもらったんだが、もう最高のお墨付《すみつ》きだ。本当はおまえ相手に使いたかったんだけど、まだバックバージンだっただろ？　だからまあ俺としてはおまえに遠慮《えんりょ》して、今回ばかりは他人を使った。最高らしいぞ。今夜試すか」

「い、いい。遠慮する」

確かにバージンではなくなったけれど、なぜ玩具で慰《なぐさ》められなければならないのか。

俺は――おまえが好きなのに。

燻《くすぶ》る想いがぐっと喉元で詰まる。

好きなのに。本当に好きなのに。

研究馬鹿で、屑《くず》で、すぐ馬に突っ込むような阿呆《あほう》だけど、それでも料理は旨いし、まあまあやさしいし、一緒にいると心地好い。

――腐れ縁だとわかっているけど、それでも好きなんだ。なのにおまえに抱かれるのではなくて、玩具を受け入れなきゃいけないってどういう屈辱《くつじょく》だ。

「断る」

きっぱり遮《さえぎ》ると、坂本が、えーと残念そうな声を上げた。

「俺とおまえの仲なのに……」

騙《だま》されてなるものか。さっきはその言葉にほろりときたけれど、彼なりの策略《さくりゃく》だったのかと思うと頭に来る。

ついで猛然《もうぜん》と腹が減ってきたので、鍋に残ったラーメンは全部食べてやった。

「今日は俺が皿洗いする」

「え、俺がやるって」

「いいって言ってるだろ。このまま座ってると爆発《ばくはつ》しそうだ」

馬鹿だ馬鹿だと思っていた同居人が、ここまで底抜けの馬鹿だとは思っていなかったので、早々に食器をシンクに運び、力任せに洗ったあと、とっととバスルームへと向かった。

バスルームも坂本の手によってぴかぴかに磨き上げられている。

ネロリ、シトラス、ミントの香りのボディソープや、ヘアシャンプー、コンディショナーが並んでいて、一番すっきりするミントでがしがしと全身を洗う。

身体から爽《さわ》やかな香りが浮き立ったところで、ようやくバスタブに浸《つ》かった。

足を伸ばして――ほんとにあいつ、馬鹿なんだなとため息をつく。

なにがクラウドファンディングだ。なにが出資者だ。

結局はおかしな玩具のために善良な一般人から金を巻き上げようという魂胆ではないか。いや、坂本の作る玩具に投資をしようという人物も尋常《じんじょう》ではない。

あらためて、坂本と自分を隔《へだ》てる溝《みぞ》の深さを感じる。

いったいどうして一緒にいるんだろう。家事を完璧にこなしてくれているからというだけじゃない。それだけだったら、業者に頼んでもいいわけだ。

坂本は桐生のことを熟知《じゅくち》している。

疲《つか》れているときは放っておいてくれるうえに、リビングに顔を出すと温かい紅茶を淹《い》れてくれたりもする。

その代わり彼の実験の相手をさせられるけれど、けっして嫌なだけではなかった。

わかっている。

自分だってあのときは、なんだかんだ言って感じているのだ。

じゃなかったら射精なんてしない。

強要されてイくなんて無理だから、結局のところは駄目男《だめおとこ》にほだされているという話だろう。

『課長って一歩間違ったらDVを受けやすいんじゃないですか』

叶野の言葉を思い出し、深く息を吐き出す。

本当にそのとおり。

深く深く息を吐き出して、そろそろ上がろうかとバスタブの縁を摑んだとき、扉が開いて坂本が顔をのぞかせた。

「ちょっと邪魔《じゃま》するぞ」

「な、なんだ」

見れば坂本は全裸《ぜんら》だ。

引きこもりのくせにいい身体をしている。いったいいつ鍛《きた》えているのだろう。胸筋は素晴らしいし、腹もうっすら割れていた。

なによりむかつくのは強い肩を持っていることだ。

服の上からでは、なかなかわかりづらい裸を目の前にして、不覚にも動揺してしまう。

「いろいろ頑張ってくれてるからな。その礼をしてやる」

「そんなのいらない！　出てけ！」

怒鳴って自分から先にバスルームを出ようとしたが、腕を摑まれて引き戻された。そのままバスルームの壁に手をつかされ、背後から抱き締められる。

大きくて温かい手はうなじから背骨を辿《たど》り、尻の割れ目へとすうっと入り込んでいく。

「ここ、ずいぶん嬲られたんだろう？」

「そんなの……っおまえに、かんけいない、だろ……っぁ……！」

しゃがみ込んだ坂本が尻を両手でぐっぐっと揉み込み、左右に割り開いてくる。

じっとそこに見入っているのがわかった。

桑名に抱かれたのは数日前だからもう痕《あと》は消えているはずなのだが、ふとしたときに彼の感触を思い出すことがあった。

視線が突き刺《さ》さってくる。孔の奥の奥まで。

「まだ男にそんなに慣れてないから、アナルは縦割れになってないな。愉しみだ。ここもいつかは女性器みたいにスリットが入るぞ」

「馬鹿……んなわけ、あるか……ん、ん……！」

声が跳《は》ね上がったのは、坂本がちろりと縁を舐めてきたからだ。

「や、やだ、やめろ馬鹿」

「だから、ご褒美《ほうび》だっつってんだろ。この俺がわざわざアナル舐めしてやってんだぜ。鈍感《どんかん》なら感じるわけないんだから堂々としてろ。ついでに、『絶対イクイク！極太失神生々鬼棒』の具合も試させてくれ。防水機能を高めたから風呂の中でも使えるんだ」

「くそ……！」

桑名との荒淫で幾らか盛り上がった縁を指でまぁるくなぞられ、左右に引っ張られて中に舌を挿れられると、それだけでひくんと喉が締まり、ああ、と壁にすがりついてしまう。

無意識のうちに、腰を突き出していた。

男に貫かれる悦びを覚えている身体だ。

今まさしく好きな男にそこを舐められて感じないわけがない。

坂本は今まで玩具でいたぶってばかりで、直接的な行為はほとんどなかった。手でペニスを扱《しご》いてイかせてくれるぐらいだ。

だったら、この心境の変化はなんなのだろう。

くちゅくちゅと縁を舐《ねぶ》る舌遣いには躊躇いがなく、戸惑《とまど》ってしまう。

「お、まえ、慣れてるの、か……他の男にも、してるのか……？」

「さあな。そこは秘密にしておいたほうが面白いだろ？　ほら、もっと腰突き出せ。熟れた孔の奥までたっぷり見えるようにな」

屈辱的なことばかり言われて、壁をかきむしる指に力がこもる。くそ、くそ、くそったれ。

どんなに罵倒《ばとう》しても間に合わない。

「あ……っぁッ……ぁ……」

舌先がくねり、指がゆっくり挿ってきて、グリグリと上向きに擦ってくると嫌でも腰が揺れた。

「ど、しよ……馬鹿、も……ぁあ……っ」

このまま腰を振り続けたら、さしもの坂本でもヒートアップして貫いてくれるのではないか。

桑名にも叶野にも劣《おと》らない立派なものを持っているのはさっき目にした。あれが臍《へそ》につくぐらい勃起《ぼっき》して、ぐうっと突き上げてきたら。

妄想《もうそう》しただけで口の中いっぱいに唾液《だえき》が溜まり、くちびるの端からこぼれ落ちそうだ。はしたない嬌声《きょうせい》が次々に出てしまう。そこにバイブレーターがぬぐりと挿ってきて、声を失った。

大きい。そして思ったよりじんわりと温かい。

「人肌ぐらいには温められる機能もついてるんだ。いいだろ。オナニー向きだよな」

「あっ、や、う、ん、お、く、いれ……っるな……！」

「こんなにどろどろに蕩かしてる奴が言うことかよ」

くすりと笑う声がそこはかとなく淫靡《いんび》でたまらない。

――おまえでもそんな声を出すのか。知らなかった。俺以外の奴には散々聞かせてるのか？

迷い悩む桐生の折り重なる肉襞をかき分け、じゅぷりと湿《しめ》った音を響かせてバイブレーターがさらに押し挿ってきて、ああ、と壁にすがった。大きく、エラも張っているけれど、やはり実際の人間のモノとは違う。なんと言えばいいのか、生身らしいいやらしさがないのだ。

詰《なじ》ろうとした瞬間、ブゥン……と中が振動し始め、ひっと息を呑《の》んだ。坂本の愛撫で蕩けたそこを温かなバイブレーターがじゅくじゅくと犯し、広げてきて、息が切れる。いやだ、いやだと言っても『絶対イクイク！極太失神生々鬼棒』は奥までみっしりと挿り込んできて、媚肉を震わせながら坂本の手によって出し挿れを繰り返された。その名のとおり、肉襞にぴたりと密着したバイブレーターは、いまやひどく生々《なまなま》しい感触で、コリコリと最奥に亀頭を擦りつけたり、絶え間ない振動を繰り返して桐生を狂わせる。

「なあ……クラウドファンディングの件だけどさ、おまえも出資してくれよ」

「え……？　あっ、あぁ、や、ん、んんっ、そ、そこで……ぐりぐりするな……っ」

バイブレーターが上向きにじっくり擦り上げてくる。

ふっくらと腫《は》れ上がった前立腺《ぜんりつせん》がしこっているのが坂本にもわかるのだろう。バイブレーターの亀頭部分でしこりを挟み込むようにしてきゅっきゅっと揉みしだいてきた。

「や、やっ！　あぁっ、あっ！」

たまらない刺激に悶《もだ》え狂う。中がひどく熱く、もったりと重くなっていく。熟《じゅく》してねっとりと蜜《みつ》を垂らすような錯覚《さっかく》に襲われ、今にも腰が落ちそうだ。

もう一方の手が前に回り、ゆるく勃《た》ち上がっていたペニスに絡《から》みつき、扱き上げていく。

「頼むよ……五万、いや三万のコースでもいい。最初にそこそこのコースに出資者がつくといい誘《さそ》い水になるんだよ。やってくれるだろ？」

知るかと言いたい。

好きに開発してるのはおまえの勝手であって、こっちがなぜ身体ばかりか出資までしなければいけないのか。

「ほら、出すって言えよ。名誉《めいよ》ある最初の出資者として名を飾《かざ》れるぞ」

「脅迫《きょうはく》、するな……！」

「じゃ、ここでやめるか」

ずるりとバイブレーターが抜けそうなのを悟《さと》って、あ、あ、と食い締めてしまう。嫌だ、このままにされたくない。

ちゃんとイきたい。

桑名と叶野にバックバージンを破《やぶ》られてから、うしろで得る快感を知ってしまった。

一瞬にして激烈《げきれつ》に昂ぶるものの、すぐに冷める射精とは違い、アナルでの快感は蜜のように甘く、長く蕩ける。

終わりがない絶頂とでも言えばいいだろうか。快感が引いていくときはぐったりと疲れているけれど、それもまた余韻《よいん》を長く愉しむことができる。

「――桐生」

悪辣《あくらつ》なやさしい声で囁《ささや》かれて、「ん……！」と首をのけぞらせた。

もう我慢できない。

「あっ、あ、イく……っ！」

ペニスとアナルの両方を責められてたまらずにどくりと射精すると、それをさらに追うように前立腺を強めに転がされた。

「出すな？」

KNOIR
KNOIR

「だ、す、ッ出すから……っ、くぅ、イってる、のに……っ……！」

ああ、馬鹿だ。

こんな馬鹿に出資する者なんて、尻を弄《いじ》られてイかされてしまう自分ぐらいのものだろう。

いっそ無残《むざん》なほどに失敗してしまえ。

そうしたら自分のいかれっぷりに坂本も気づくはずだ。

「よしよし、じゃあ早速《さっそく》十万円出資な」

……値段が上がってる。

バイブが抜かれて、心許《こころもと》ない己に忸怩《じくじ》たるものを感じ、桐生はくたくたと頽《くずお》れる。

坂本は機嫌よさそうにシャワーを浴びて鼻歌を歌いながら出ていってしまった。

六章

ふらふらだった。

どうしよう。

前向きな考えはひとつも浮かんでこない。坂本、桑名、叶野に囲まれて射竦《いすく》められ、身動《みじろ》ぎできない状態だ。

ため息代わりに、桐生はガラス張りの喫煙所《きつえんじょ》で煙草《たばこ》を吸う。

愛煙家にとっては冬の時代だ。どこへ行っても肩身が狭いし、今後、外食先でも吸える場所はますます少なくなるだろう。

もちろん嫌煙家がいることはわかっているので、限られた場所が与えられればそこで落ち着いて吸いたい。

しかし、その輪っかが日に日に狭くなっていくのだ。まるで、彼ら三人が桐生を食い締めるかのごとく。

短くなった吸いさしを灰皿《はいざら》に押し付け、もう一本、と取り出す。

自席にいる間はまったく吸えないので、トイレに立った際のちょっとした時間が桐生の煙草休憩だった。

これも今では問題視され始めているので、あまりおおっぴらにはできない。

だから午前に一回、午後に一回程度ですませ、あとは昼休憩のときに思いきり吸う。

立て続けに二、三本吸えばすっきりする。立派なニコチン中毒《ちゅうどく》だなと自嘲気味《じちょうぎみ》に考えていると、ガラスの外を見覚えのある男が通りかかった。

「叶野――」

ベンチから腰を上げかけ、すっと真顔になる。

にこやかに笑う叶野の隣に、女性社員が寄り添っていたからだ。

なにを話しているのだろう。女性は可愛らしい顔立ちで、桐生も当然知っている顔だ。同じ課の今年の新入社員だ。

挨拶《あいさつ》がはきはきしていて、仕事も丁寧《ていねい》だ。

そんな彼女をエスコートするように、叶野がしっかりと隣を歩いているのを見て、思わず喫煙所の奥へと移動した。

――見つかりたくない。

今までだって、腐るほど叶野に話しかける女性を見てきたが、この相手には彼も並々《なみなみ》ならぬ想いを抱いているんじゃないだろうか。

だって距離が近い。

女性が顔を赤らめながらも、そっと叶野の腕に抱きつき、くすくすと笑っている。叶野もまんざらでもなさそうな顔で頷き、それからあたりを見回す。

喫煙所の奥にいる桐生と目が合ったように見えたのは気のせいか。

照明のせいで奥のほうは薄暗がりになっているので、誰がいるかはっきりはわからないはずだ。ますます壁《かべ》にぴったり身体をくっつけて彼らの視線から遠ざかる。

心臓がどくどくと脈打《みゃくう》っている。

——どうしたの、叶野さん。なにかあった?

——いや、なんでもないよ。行こうか。

そんな会話が聞こえてきそうだ。ふたりは笑い囁《ささや》き合いながらその場を離れ、桐生の視界から消えていく。

もう見えない。誰もいない。

暗がりの奥から廊下《ろうか》を凝視《ぎょうし》していた桐生は、どっと熱い息の塊《かたまり》を吐きだす。指に挟んでいた煙草を吸うのも忘れていた。

叶野がモテるのなんか入社以来ずっとだ。課内どころか社内でも人気があるし、ランチタイムにはよく女性社員が誘いに来ている。書類を渡すついでに少しでも叶野と話したいという様子の女性もいた。

そんなのは知っている。とうの前からよく知っている。

だが、最近は自分にばかり目を向けてきていたから、彼女たちの存在を失念していたのだ。

なにごともなかったら、今頃とっくに叶野は女性とつき合っていただろうか。

きっと、そうに違いない。あんなにいい男を誰も放っておくはずがない。

桐生にどんなに接触しても、周囲はただの上司と部下がじゃれ合っているとしか思わないだろう。桐生とて、社内での接触はできるかぎり控《ひか》えめにしてきた。

ぼんやりしていた想いが急速に黒くふくれ上がって桐生を責め苛《さいな》む。

所詮《しょせん》おまえは男じゃないか。叶野はたまたまこの胸の秘密を知ってしまっておもしろがっているだけだ。適当なところまでつき合ったらノンケに戻って、異性を抱き寄せるのだろう。

想像するだけで頭がくらくらしてくる。

あんなにも情熱的に迫《せま》ってきた叶野がふっといなくなる瞬間を、今の今まで想像したことがなかったのだ。

……ずるい。

おまえのほうから火を点けてきたくせに。

ずるいじゃないか。

いつの間にかおまえに引きずられていたのに。

ぼんやりしながらスマホに視線を落としていると、メッセージアプリが起ち上がる。

数日前から香港《ホンコン》に出張中の桑名からだ。

『そちらは大丈夫かい？　僕のほうは順調だ。早く帰ってきみに会いたい』

「部長……」

スマホを握り締める。

揺れ動く胸の裡《うち》を話そうか。しかし、なにを？　なにを話せばいい？

自分でも答えが出ない惑いについて話すのは主義じゃない。

みっともない姿を見せたくない。

叶野と比べられないぐらいに色濃く影を落とし、食い込んできた男に無様《ぶざま》な姿を晒《さら》して、同情を引きたくない。

じゃあどうしたいんだ、いったい自分は。

こんな不実な男、誰も好きになんかなってくれない。一時の遊び相手で充分だろう。

己に嫌気《いやけ》が差し、吸わないままの煙草を灰皿に落としてのろのろ立ち上がる。

桑名には失礼のないように返答し、じくじく痛む胸を右手で押さえる。

坂本に真正面からぶつかって砕《くだ》ければいいのか。それとも情けないことを承知の上で桑名と叶野に揺れるこころを伝えようか。

その答えは帰りの電車内にあった。

その日の仕事を必死に終え、ぼうっとした頭で帰宅の途《と》に就《つ》いた。

叶野は午後から外出していたので顔を合わせることがなく、なんとなくほっとした。

ただ女性と話をしていただけなのに、やけに衝撃《しょうげき》を受けていた。

自分のそばにいるときより叶野が男らしい横顔を見せていたからかもしれない。

甘えてくる彼を好ましいと思っていたはずなのに、やはり異性相手だともっと強く引っ張る立場になるのだと思い知らされたが気がする。

甘えられるのが嫌いというわけじゃない。

ただ、寂《さみ》しかったのだ。自分の知らない顔を見せられて。

このまま家に帰って、坂本に八つ当たりするという案も浮かんだが瞬時に切って捨てた。あまりに幼稚《ようち》だ。

どう考えても稚拙《ちせつ》な考えしか浮かばないことに肩を落とし、夜七時過ぎの混雑した地下鉄に乗る。後ろからも前からも押されて立錐《りっすい》の余地《よち》もない。以前はもっと建設的に、冷静に事を進める性格だったのに、いつからこんなことになってしまったのだろう。

スマホで動画でも観て気晴らしをしたい。

人々に押されるがままに電車内の真ん中あたりまで押し込まれ、なんとか立ち位置を定めてからスマホを目の前に掲げる。

イヤホンを差して、音量はちいさめに。

よく観ている動画配信サービスに繋《つな》げ、追いかけている洋ドラの最新話が来ていることに気づいて再生ボタンを押す。

周囲の客も皆似たようなもので、スマホや本に視線を落としている。

これだけの人が同じ時間、同じ場所にいるのに、まったく知らない者同士というのがなぜか不思議に思えた。

当たり前すぎる事実なのだが、他人ばかりだ。

叶野もそうだし、桑名もそう。同居人の坂本もそうだ。

知っていることはほんの一部で、大事なことはなにも手に入れていない。

袖《そで》振り合うも多生《たしょう》の縁《えん》と言うが、混み合う電車内で互いに触れても目も合わせない。

サスペンスドラマにのめり込みたいのだが、意識が散漫《さんまん》としていて話の筋《すじ》がなかなか追えなかった。

もっと軽めの番組を観ようと、スマホを片手で操作しているときだった。

突然、目の前のつり革に摑まる女性が、きっとした顔で振り向き、「やめてください」と声を張り上げる。

瞬時にして頬が固まった。

女性の視線の先に誰がいるのかとおそるおそるあたりを見回す。

もう一度彼女が、「やめてくれませんか」と言った。今度は周囲全員に聞こえる声で。

「……え？」

突き刺さる視線はまっすぐ自分を指している。

なにを言われているんだ。

なにを？

なにか礼を失しただろうか。

混乱してしまって「あの」とスマホを掲げ、再び声をかける前に彼女のほうから「痴漢《ちかん》でしょう！」と尖《とが》った声が飛び出て心底驚《おどろ》いた。

「違います」

咄嗟《とっさ》に否定した。

「違いません。さっきからずっと触ってましたよね。こそこそ触って卑怯《ひきょう》です。次の駅で降りてください」

冤罪《えんざい》だ。すべて勘違《かんちが》いだ。濡《ぬ》れ衣《ぎぬ》もいいところだ。

「だから、違います。私はスマホを観ていただけで」

もう片方には鞄《かばん》を提《さ》げていて――と左手を持ち上げようとしたところで革鞄《かわかばん》の角が彼女の身体に危うく触れそうになっていることに気づき、ギョッとして身を引いた。

「本当に違います」

「わかりました。次の駅で降りてください」

見事な水掛け論に周囲は静まり返り、息を呑んでいる。

この車両だけ、時が止まったみたいだ。

まさか痴漢に間違われるとは。

毎日毎日、電車に乗って真面目に会社と自宅を行ったり来たりしているだけなのに、まさか。

「本当に――」

違う、と掠れた声を絞《しぼ》り出そうとすると、「違いますよ」と隣から声が飛んできた。

はっと振り返ると、思ってもみなかった男がそこに立っていた。

叶野だ。

「おまえ」

どうしてここに。

口をはくはくさせるだけの桐生が摑んでいた鞄をしっかりと掲げ、「この人、こっちの手ではちゃんとバッグを持ってましたよ」と落ち着いた声で言う。

「たぶん、バッグの角が当たってしまっただけではないでしょうか」

「でも……！　ずっとぐいぐい押してきて」

「勘違いだと思います。この人もうっかりしていたと思いますが、触ってないのは確かです」

「なんであなたがそんなこと言えるんですか！」

追い詰められた女性がヒステリックな声を上げる。けれど、叶野はびくともしない。

「見てましたから」

「……は?」

「僕がこの人のことをずっと見てましたから。誰にも触ってませんよ」

本当ですよ。

言い含めるような声音《こわね》に、女性の顔からゆるゆると力が抜けていく。

彼女を傷つけないよう気遣った誠実な言葉に、桐生も足下から頽れそうだ。

生まれてこの方二十九年。満員電車で痴漢と間違われる羽目《はめ》になるとは思っておらず、叶野がいなかったら、車内中の視線を浴びて駅員に突き出されるところだった。

「……すみません……」

一気にしぼんだ声に、「とんでもありません。こちらこそ失礼しました」と深く頭を下げた。

「無意識とはいえ、不愉快《ふゆかい》な思いをさせて申し訳ございません。今後重々気をつけます」

真摯《しんし》な桐生の声に、車内はほっとしたような空気に包まれる。その矢先《やさき》に、次の駅に電車がすべり込む。

どっと吐き出される客たちの中に女性が紛れ込み、一瞬肩越しにぺこりと頭を下げた。桐生も同じく会釈《えしゃく》する。

「やれやれ、危なかったね」

安堵《あんど》を含んだ声が聞こえてきた。

叶野とともに慌てて振り向くと、なんと桑名だ。

「桑名部長まで……」

どうしてここに、と言いかける桐生の肩を軽く抱き寄せ、「僕らも降りよう」と桑名が目配せする。

それに叶野も頷き、人波に乗っていく。

乗り換えの多い大きな駅なので、先ほどの女性はもうどこにも見えない。

まだ茫然《ぼうぜん》としている桐生を連れて、桑名と叶野は駅構内にあるカフェに入った。

「なに飲む？　なにか温かいもの飲もうよ」

「あ、……ああ、うん」

じゃあ、ココアを。

普段はめったに飲まないが、今は甘いものがほしい。

叶野はカフェオレを、桑名はホットコーヒーを注文する。

ウエイターがテーブルから去ったあと、隣に座った桑名がさりげなくぽんぽんと肩を叩いてきた。

「電車通勤をしていると稀《まれ》にあることだよ。災難《さいなん》だったね」

「……びっくりしました」

まだ心臓がごとごといっていて、水を飲んでも落ち着かない。

ほどなくして飲み物が運ばれてきたのと同時に、クッキーもおまけでついてきた。

「とりあえず飲んで。落ち着きましょう」

「……うん」

クッキーにはチョコチップが練り込まれていてサクサクしている。ちいさく齧り、甘いココアを飲んでほっと息を吐く。

糖分が身体に染み渡り、ぎくしゃくしていた思考もゆっくりと動き出す。

「痴漢に……間違われるとは思ってませんでした。迂闊《うかつ》だった。鞄の持ち方にもっと気をつけなきゃいけなかったのに」

「ありますあります、そういうの。俺はショルダーバッグ派ですけど、車内では胸の前に両手で抱えてますよ。それでも、ちょっと身体が触れただけで睨《にら》まれることがありますもん」

「仕方ないよ。女性は女性で、自分の身を守らなきゃいけないしね。こちらとしてはできるだけマナーを守らないと」

「たまにいません？　混んでる車内なのに足ばかーっと広げて座席占領してる奴とか、足投げ出してる奴とか。蹴っ飛ばして『おまえの足はそんなに長くねえよ』って言ってやりたくなる」

「わかるわかる」

桑名と叶野がくすくす笑い合っていることに安堵し、クッキーをもうひと囓り。冷たかった指先にやっと血が流れ込んでいく。

「今はいろいろと難しいしね。男性に生まれついたならそれにあぐらをかくんじゃなくて、同性、異性、その中間にいる人みんな多様性があることを重んじて、自分にできることを考えるのが大切だとは思う。スーツを着ているだけで警戒されてしまうこともあるしね」

「難しいですよねえ。こっちは気遣っているつもりでも、なにが相手の地雷《じらい》になるかわからないですし。あまり考え込みすぎると動けないし」

「個々の主張があるということをわかっていればいいんじゃないかな」

ね、と顔をのぞき込んでくる桑名に「はい」と返す。

意外とまともなことを言われて驚いた。

会社には女性社員も大勢いて、日頃の接し方には気を遣っているつもりだ。上司として、男性として、なにが正しい対応なのか手探りの日々だ。

「多様性か……」

「そう、多様性。僕らの関係もそうじゃないかな？　一対一が当たり前のように思われてるけど、じつはそうじゃない。きみという男をめぐって僕らが競い合うのだって、一種の多様性だと思わないかい？」

「ふふ、そう出るとは思いませんでした」

可笑《おか》しそうに肩を揺らして向かいの叶野は、ぱりっと小気味《こきみ》よくクッキーを囓る。

「ん、美味しいこのクッキー。たまには甘いものもいいですね」

「疲れているときはとくにね。さて、衝撃がまだ抜けきってない桐生くんに問うのは酷《こく》かもしれないが――もし可能ならば、これから三人でホテルに行かないか」

「え……」

「そろそろこの関係性をきちんとさせておきたくてね。僕は、きみをこれからも大事にしたい。よき部下として、そして魅力的《みりょくてき》な同性として愛していきたい。恋人のひとりとして名乗りを上げたいんだ。叶野くんは？」

「訊《き》くまでもないですよ。俺だってそのつもりです。部長の言葉を借りるなら、多様性を重んじて三人で愛し合う関係を作っていったっていいわけですよね。どうですか、課長」

「その前に、どちらかに決められるかい？　いや、いまここで決めてくれないだろうか」

僕もそろそろ我慢の限界でね。

にこやかな声音ながらも、黙《だま》ることは許さない構えの桑名に顔を引き締めた。

じわじわと熱くなる頬を手の甲《こう》で擦り、ココアを啜《すす》る。甘くて濃厚なココアよりも、ふたりの視線のほうがもっと火照る。

「……三人で、愛し合う……ということは、部長も、叶野も……私をその、好き、……ということですか」

「当然でしょう？　好きな相手だからこそ抱きたいし、守りたい。いい格好したいし、甘えたり甘やかしたい。そんな関係をこの三人なら作れますよ。まあ、部長はあなたを独り占《ひとじ》めしたいみたいで、じつは俺だってできればそうしたいですけど」

「刺し違える覚悟があるならば、僕は構わないよ」

さらりと怖いことを言う大人の男にじっと見入ってしまう。

カップを持つ手を摑まれ、指の谷間を意味深に擦られる。

常識を超えた提案をされて頭の中が真っ白になるが——嫌ではなかった。

叶野に指を擦られ、テーブル下では隣の桑名に膝頭《ひざがしら》をぶつけられている。

セックスを連想させる密な触れ合いをカフェで仕掛けられ、神経がぴりぴりしてくる。彼らの魅惑的《みわくてき》な雰囲気に今にも吸い込まれそうだ。

「でも……叶野はモテるじゃないか。今日だって女性社員と一緒にいて、親しげに喋《しゃべ》っていて」

え？　と首をひねる叶野にあらましを説明する。

すると叶野は破顔一笑《はがんいっしょう》した。

「ああ、彼女のことですか。あれはね、彼氏自慢《じまん》を聞かされてたんですよ」

「彼氏自慢？」

「そう、あの子の彼氏の話。どんなに愛されてるか、よくしてもらってるか、のろけられてただけですよ俺。近いうちに結婚するんですって。課長や部長にも報告するって言ってました」

楽しそうに言って叶野はカフェオレを飲む。

「なになに、課長、嫉妬してくれたんですか？」

「そ、そんなことない」

じつはそうなのだが。

あれはただの勘違いだったのだとわかって、馬鹿みたいにほっとした。

しかし、坂本のことはどうしたらいい。

彼の存在を無視して新しい関係に踏み込むことはできない。

「私には……おかしな同居人がいることはふたりとも知ってると思います。あの、グランピングの夜の……玩具を作った奴です」

「その男が課長は好きなんですよね？　駄目男だけど、つき合いの長さもあって今さら見捨てられないって感じですか」

「情に弱そうだからね、桐生くんはこう見えて。僕らの甘言に流されちゃ駄目だよ」

冗談《じょうだん》めかした言葉に、肩の力が抜けてふっと笑ってしまった。

会社からあとをつけてきただろう叶野。偶然《ぐうぜん》かもしれないがやはりあとをつけてきただろう桑名。出張先の香港から帰国したばかりだろうに。

ふたりがどれだけ想ってくれているのか、と考えただけでふわりと体温が上がる。

そのことが幸せに思えるのは彼らに毒《どく》された証拠《しょうこ》だろうか。

どちらかなんて、とてもじゃないが選べそうにない。

ふたりの言う多様性に身を投じてしまいたい。

「……坂本に、電話してもいいですか」

「もちろんだよ」

「なんて言われるんですかね俺たち。不埒《ふらち》かな？」

楽しげなふたりをよそに、桐生はスマホを取り出して坂本へとかける。

家にいた彼はツーコールで出た。

「坂本」

『どうした』

なんて言おう、なにから言っていいのかわからない。

叶野と桑名の視線を感じて身体が熱を帯びる。

「……好きなひとが、できた」

一瞬、間があった。

そうだ、桑名と叶野が好きなのだ。今口にしてみてやっとわかった。

ようやく自覚して、もう一度、「好きなひとが……好きなひと、たちができたんだ」と言った。

『たち？』

「ああ、好きなひとが——ふたりいる」

『へえ、俺よりも？』

そう切り返されるとは思っていなかったので、内心慌ててつかの間口ごもるが、息を吸い込んだ。

「好きじゃなかったらあんなことしてない」

『だよな』

満足そうに言う男が憎《にく》たらしいけれど、そのとおりだ。永遠の片想いだということに、坂本はずっとつけ込んでいたのだろうか。だとしても、やっぱり今さら嫌いになれない。

「俺は、坂本のことも好きなんだ、と思う」

『知ってる。俺もおまえが好きだから』

「……じゃあ、どうしたらいい？」

『これから行くよ。どこにいるんだ？』

桑名に視線だけで問うと、スマホの画面を見せられた。

駅から近いところにある一流ホテルだ。

部屋を押さえた。

口をぱくぱくさせる桑名に、「……ホテルに泊まる予定だ」と伝える。

『そこの名前を教えてくれ』

いつもの口調で言われたので、「マップを送る」と言って電話を切った。

「──ホテルに来るそうです」

「おお、大進展。俺らに攫《さら》われそうになって慌てましたかね？」

「だったりしてね。4Pでもやるかい？」

「そ、んな」

桑名と叶野の愛し方はもう知っているが、そこに坂本が交ざったらどんなことになるのかとても想像がつかない。

艶《あで》やかな誘い文句が、身体の深いところに火を点ける。

「任せて。きみを壊したりしないよ」

「でも、俺たちで変えてしまうかも。その坂本さんに奪《うば》い返されないためにもね」

ちいさく笑った叶野がテーブルの下でこつんと靴《くつ》の爪先《つまさき》をぶつけてくる。

それを合図にして、桐生は息を吸い込んだ。

幕は自分の手で上げなければ。

「愛してる」

「愛してるよ」

叶野と桑名がきっぱりとした声音で告げてきた。

「さあ、いいよ。そのままゆっくり俺たちの前でバスローブを開いて」

「ん……はい」

スイートルームのリビング、ソファに座る桑名と叶野の前で、桐生はもじもじとバスローブの紐《ひも》を解《ほど》き、前を開く。

下着はつけないで、とあらかじめ言われていた。

途端に顔を輝かせた叶野が飛びついて跪《ひざまず》き、腰を摑んでくる。

「……最高。やっぱりあなたは世界一美しい男です。この裸を見てるだけで俺オナニーできちゃいますね」

「異論はないね」

「あー我慢できない……いい香り……ねえ、もう舐めてもいいですか？」

「あ、……ああ」

まるで犬みたいな叶野にちょっと怖《お》じ気《け》づくが、腰骨をやわらかに押されたり擦られたりして落ち着かない。

そうこうしているうちに自身が主張し始めてしまい、なにも隠《かく》せない。

少しずつ芯が入って勃起していく様子をふたりにじっと見つめられ、身体が炙《あぶ》られるようだ。このまま完勃ちして射精してしまうのではないかと恐れるぐらいに。

「そんなに……見ないでくれ」

「無理です。このままイかせたいぐらいもっと見たい。ねえ、課長も見られてるだけなのに興奮してるんですか？　ココの先から我慢汁がとろとろあふれてる」

「叶野……！」

はしたない言葉をするっと言われて、顔から火が出そうだ。

「恥ずかしい？　でももっと言ってほしそうですよね。課長って苛《いじ》められるの好きでしょう？じゃなかったら、ここまでおっぱい崩れてないですよね」

膝立ちした叶野がぐんと嵩《かさ》を増す股間に息を吹きかけながら、臍の周囲をくるりと舐め回す。そのうえ、乳首はすでにカチカチになってぴんと上向き、真っ赤に肥大《ひだい》していた。

肉豆を物欲しそうに見つめる叶野と桑名に舐め回されたい。

どちらでもいい、このまま放っておかないでくれ。

「課長、ココとおっぱい、どっちを弄ってほしい？」

「そ、れは……」

「そんな意地悪《いじわる》な質問は紳士的《しんしてき》じゃないな、叶野くん。素直な桐生くんのことだ。どっちも苛めてほしいに決まってるだろう」

「はは、それもそうでした。だったら立ったままじゃきついですね。さあ、ベッドに横たわって、お姫様」

「う……」

エスコートされるのがまた恥ずかしい。どう見たってお姫様という柄《がら》ではない。

アラサーのいい大人だし、可愛くもなんともないのに。

キングサイズのカバーを剝《は》いだベッドは真っ白なシーツの波が泳いでいる。三人で睦《むつ》み合ってもまだ余裕がありそうだ。

その真ん中に横たわると、両側を桑名と叶野に挟まれ、桑名が乳首、叶野が下肢《かし》に顔を近づけてきた。

じゅうっときつめに乳首を吸い上げられて、ずきりと痛いほどの快感が走り抜ける。

桑名の口の中で乳暈がまぁるくふくれ、今にもミルクを滲ませそうだ。

「あっ、ん……」

「最初の頃よりずっと感度がよくなった。その坂本って男の手入れもよかったんだろうけど、やっぱり僕と叶野くんの愛が伝わったんだよね」

「ん、っん、あ、う、噛まない、で……っください、部長……っ」

「部長におっぱい取られちゃったから、俺はこっち」

アイスキャンディを舐めるみたいに肉竿を握って、根元からちゅくちゅくと舐り回し、くさむらに顔を埋《うず》める叶野は、美味しそうにずずっと亀頭を頬張る。

そうされると熱い口の中でますます陰茎がふくれ上がり、彼の口を圧迫してしまう。

そのことが恥ずかしくてつらくて、「嫌だ」と抵抗すると、ちらっと視線を上げた叶野に陰《いん》嚢《のう》を片方ずつ含まれ、コリコリと嬲られる。

「いや？　本当に？　ココ、蜜がいっぱい詰まってるけど」

「あ、っ！　ああっ、んー……っ」

ぱくりと食べられてしまう果実は、軽く歯を立てられて中で蜜をかき回すみたいに舌で捏《こ》ねられ、ひどく感じてしまう。

四肢をよじって悶えていると、「こっちもだよ」と桑名がくちびるを塞《ふさ》ぎながら乳首をねじり潰《つぶ》してくる。

「んぁ……ン……」

大人の男のくちづけはいつも濃密だ。最初から駆け引きなんかなくて、熱い舌をぬぐぬぐともぐり込ませてから、桐生の舌とうずうず擦り合わせ、唾液《だえき》をたっぷりと流し込んでくる。とろりと甘いしずくが伝ってきて喉を鳴らし、もう頭の底が痺《しび》れている。身体中を這い回る四本の手の区別がつかない。

「あぁぁぁぁ……っちくび、いい……っもっと、して……」

いい、気持ちいい。乳首に入ったスリットを爪先でこじ開けられると、腰がびくっと跳ね上がってしまう。

そうすると今度は下肢を叶野に押さえつけられ、じゅぽじゅぽとペニスを舐めしゃぶられ、気が狂いそうだ。

「おいし……課長のココ、大好き。舐めても舐めてもとろとろになって、めちゃくちゃエロいんですよ」

「っん、ん、それ、は」

身体の真ん中に大きな熱の塊があって、ふたりに暴《あば》かれたいと願っている。しっとりと籠《こ》もる熱。

それは、男を知ったから生まれた淫靡な源泉だ。

ペニスを舐り、裏筋を舌先で押し潰していた叶野が、そのまま尻の間《あわい》に移動し、ふふっと笑った。

「ねえ、ココ。縦割れになってきたみたいですよ」

「本当かい?」

「はい。ちょっとだけだけど、前とは違います。触る前から縦筋が入るようになったなんて課長、メスの身体になったんじゃないですか?」

「ちが……っ」

「違わないよ。こんなエッチな身体にしちゃったのは、俺たちと坂本さんのせいですよね」

「――まあな」

それまで黙っていた声が割り込んできたことで、桐生は朦朧《もうろう》とした意識でそちらを振り向く。

シャワーを浴び終えて出てきた坂本が、ゆるくバスローブを羽織ってソファに腰掛けていた。

尊大に足を組み、よがる桐生を楽しげに見ている。

「こんなふうに抱かれてたんじゃぁおまえも淫乱になるよな。アナルが縦割れになるのもわかるぜ。ふたりとも巨根だし」

電話を受けて、坂本もこの部屋に来たのだった。自分たちのセックスを見守るつもりらしい。

「坂本くんは挿れないのかい」

「俺はまあ、見てるだけでも充分満たされるかなって。こいつの一番いいところ知ってるの、昔から俺だけなんで」

「なんですかそれ、妬《や》けるな」

むっとした叶野がアナルに舌を突き込んできてねじ回す。

「あぁっ、かの……っつよい……っん、んー……っ！」

ひくつくそこは唾液でしっとり濡れ、もう赤くほころんでいる。

指を挿れられると、ちゅぷちゅぷと音が立つのが恥ずかしい。

んん、と腰を揺らし、桑名と舌を吸い合う中、ちらりと視線を投げると坂本がバスローブの前を割って、己のものをゆるく扱いていた。

それを見て、ああ、と胸が熱くなる。

馬鹿だ馬鹿だと思っていた男は本当に馬鹿だったが、自分の痴態に興奮してくれているのだ。

ぬうっと根元から突き立った坂本の雄を見るのは初めてではないか。

そのことが嬉《うれ》しくて、もっと喘いでしまう。

「かの……っ」

「ん？　もうイきたい？　いいですよ、俺の口にいっぱい出して」

ごしゅごしゅと擦られたペニスはぱんぱんにはち切れそうで。血管を太くしていく。

くびれをぎゅうっと指の輪っかで締め付けられて呻《うめ》き、桐生はあえなく陥落《かんらく》してどっと精液を噴きこぼした。

「あ——あ……っは……ぁ……っ」

「いい顔するようになったじゃないか」

「坂本……」

ねっとりと己の亀頭を揉み込む仕草がやたら卑猥《ひわい》だ。

異常な事態だとわかっていても、なおやはり坂本が好きだ。彼だってこの状況を見過ごせないから駆けつけたのだろう。桑名の手によって、赤く熟れていく乳首を食い入るように見つめている。

「そこまで育てたのは俺の功績だぜ」

「わかってるよ。学生時代から執着《しゅうちゃく》してたんだろう？　よく頑張ってくれたね。男でこんなにいやらしい乳首を持っているのは彼だけだ」

そそり勃った乳首の根元をきつめにつままれて揺らされると、「あ、あ」と声が上がり、嫌でも腰が動く。

そのことがわかったのだろう。

くるんと桐生の身体をひっくり返して四つん這いにさせた桑名が、あぐらをかいて前をくつろげ、隆起《りゅうき》したもので桐生の頬を嬲る。

「さあ、お愉しみの時間だ。上と下の口、両方で味わってもらおうか」

「部長……」

潤《うる》んだ目で、桑名の男根を見つめる。

グロテスクに突き立ったそれは濃いフェロモンを撒《ま》き散らし、桐生の口淫を誘う。

わずかに口を開けば、ぬぷりと亀頭を押し込まれた。拒《こば》む暇《ひま》もない。

懸命に口を開き、くるくると舌先で先端の割れ目を撫でる。かすかな吐息とともに桑名がくしゃりと髪を撫でてきた。

褒められているのだろう。そう思ったら嬉しくて、もっと大胆な舌遣いにしてみたくなる。

「おっと、課長。こっちもね」

「あ、あ、かのう……」

腰を高々と上げさせられ、背後から叶野が再び指でそこを撫で、じっくりとほころばせたあとローションを垂らす。坂本が持ってきたものだ。

人肌に温められたローションは刺激性があり、アナルに塗り込められた瞬間にぴりぴりする。耐え難《がた》い疼き。挿れてほしいという衝動。

そのふたつに突き動かされて、叶野の指を咥え込みながら腰を浅ましく振ると、もったりと重くしこる場所を指が掠めて「あっ」と声を漏らした。

中で上下に指を動かされれば、しとどに濡れる襞《ひだ》が広がり、男の侵入《しんにゅう》を待ちわびる。

「そこぉ……あっ、あっ、ダメ……っ」

「ここ？　前立腺大好きですよね課長。あとで俺のコレでいっぱい嬲ってあげるから愉しみにしててくださいね」

「っ……」

期待しないわけがない。

叶野の張り出したエラで、散々擦られる悦《よ》さを想像したら口がだらしなく開いて、端《はし》からつうっと唾液がしたたり落ちていく。

それを見逃さず、桑名が腰を遣ってねじ込んできた。

「ん、ぐ、ぅ、っ、ん――は……ぁ……っ」

「蕩けそうないい口だ。きみはここも性器にしてしまっているのかな？　こうして……上顎《うわあご》を擦られるといいだろう」

「んっ、ん」

なめらかな亀頭で口蓋《こうがい》を存分に擦られて、桐生は涙ながらに喘ぐ。

じわり……とした甘い熱がそこから身体中に広がり、もう一時《いっとき》もじっとしていられない。

「くわな、ぶちょう、……かの……」

「その声待ってました」

腰をしっかりと摑んで引き上げ、叶野がいきり勃《た》ったものを押し付けてくる。

口を桑名に責められつつも、うしろでは叶野を待ち望んでいる。

そして視線の先には坂本が。

どこをどう見てもこれ以上ないぐらいの淫らな空間で、ズプリと突き込んでくる男の硬さに、桐生は弾かれたように頭を後方にのけぞらせ、大きく息を吸い込んだ。

「ん、んん……っ！」

「いい、……課長……とろっとろですよ……」

剛直を受け入れる圧迫感は当然あるが、もう何度も抱かれた身だ。

貫かれる悦びを知ってしまっていて、じわじわと埋められていく心地好さに陶然《とうぜん》となってしまう。

「い……あ、あ、かの、……おっきい……」

「あなたのために大きくしてる」

そうだろう。

前にしたときよりも中を犯す充溢《じゅういつ》は容積を増し、ごりごりと容赦《ようしゃ》なく抉《えぐ》り込んでくる。

疼きっぱなしの前立腺はもとより、感じてしょうがない最奥まで届いて、敏感な粘膜に亀頭を擦り付けられると無意識に腰を振っていた。

「あ、っあ、やぁ……っいい……おく、もっと、おく……」

「かーわいい。中こんなにうねっちゃってますよ……ねえ、知ってる？　最初の頃よりずっと男好きな身体になってますよ課長。坂本さんの開発のおかげかな」

「んんっ」

烈《はげ》しく抜き挿しされて、一気に高みへと昇《のぼ》り詰めていく。

口内は桑名に犯されていたが、今は顔中に亀頭を擦り付けられていた。

ぬるぬるしたしずくが肌を擦り、たまにいたずらっぽくくちびるにぬぽっと割り込んでくる。

そんないたずらを繰り返されて我慢できず再び吐精すると、うしろの叶野が突きながら扱いてくるので気が狂いそうだ。

「も……むり、……や、め……って……あぁっ……！」

「俺も出したい」

「ああ、僕もだ」

前とうしろで息を弾ませたふたりがタイミングを合わせてどろりと放ってくる。

「く……っ！」

「んっ、んぁ、あ、あっ、はー……あ……っ」

「いいよ、桐生、くん。悦すぎる」

叶野は秘膜にかけ、桑名は口内に。

そこに、背中にぴしゃりと熱いしずくがかかった。

驚いて脇《わき》を見上げれば、坂本だ。

扱いていた己の先端を桐生の背中に擦り付け、じゅっ、じゅっ、と白濁を噴き出している。

研究馬鹿の男の、いつになく真剣《しんけん》な顔に見入り、背中から脇腹へと落ちていくねっとりした感触に肌がざわめく。

「坂本……」

「くそ……我慢できなかった」

ちっと舌打ちする男はまだ硬さを残した性器を扱いて気持ちよさそうに息を吐き、先端からこぼれるしずくを指に移し取って桐生の口に含ませてくる。

「ん……」

「素直になったたな」

可笑しそうに笑う坂本の生々しい筋から目が離せない。

太く浮き立ち、あれで擦られたら死ぬほど気持ちいいはずだ。

「さかもと、は、……俺を抱かないのか……」

「抱かない」

「どうして」

「俺にとって最高のミューズだからな、おまえは。俺が汚していい存在じゃない」

「ミューズって」

ふはっと噴き出す叶野が一度抜き、桑名と位置を変える。

「せめてフェラだけでもしてもらったらどうですか？　この可愛いくちびるでココを舐めてもらうのって最高ですよ。せっかくここまで育てたんですから、味わわないと損《そん》じゃありませんか？」

「……」

坂本は顔を顰《しか》めている。葛藤《かっとう》している様子だ。

桑名、叶野、そして坂本。

愛する男たちにもっと貪《むさぼ》られたいから、身体が自由になった隙《すき》に坂本に向き直り、彼のそこを両手で包み込む。

「坂本……舐めさせてくれ」

「いいのか？　癖《くせ》になるからやめとけ」

望むところだ。

桑名と叶野はさらに己のものにローションを垂らしている。

そして今度は叶野がベッドに寝そべり、桑名がうしろへと回った。

脇に坂本が腰を下ろす。

三人の男に囲まれて、もうどこにも逃げられない。

「坂本さん、今日は玩具持ってきてないんですか」

「あるが。試作品で乳首を挟み込むクリップを持ってきた」

いったんソファに戻り、持参したバッグを持ってきた坂本は、中からちいさな黒い袋を取り出す。

キラキラしたシルバーの鎖《くさり》がついたクリップを眼前に突きつけられた。文房具にもありそうな形だが、一応肌につけることを考慮してか、挟む部分にはやわらかなシリコンがついている。

それで尖りきった肉芽をきゅっと挟まれ、思わず悲鳴のような喘ぎが上がった。

「ひ……っ」

ギュッと乳首を締め上げられて視界がちかちかする。

ふたつの器具は鎖で繋がっていた。ひんやりした鎖が胸の真ん中に垂れ下がり、乳首をくびり出すかのようにクリップが挟み付けてくる。

シリコンがついているとはいえ、やはり衝撃は相当なもので、大きく育った桐生の熟した肉豆をさらに充血させて歪《ゆが》ませ、快感へと押し上げる。

「はあ……っいた……っ……あぁ……っ」

「もう、痛いだけじゃないだろう?」

右、左と順番に取り付けられて断続的に声が漏れた。しゃらしゃらした鎖は体温を吸収《きゅうしゅう》し、肌を嬲る。

快感、なんてものじゃない。

これだけでイきそうなことを三人は感じ取ったのだろう。

坂本が鎖の真ん中を人差し指でくいっと引っ張ると乳首に負荷がかかり、痛みと快感が絡《から》み合いながら襲いかかってきて、桐生は掠れた声を上げながらくたくたと倒れ込んだ。

「あっ……あっ……イっちゃ……イく…………っ」

びゅっ、びゅっ、と精液が勢いよく噴き出す。

「もう三度目なのにまだまだミルクが詰まっていそうだね」

背後の桑名が指に取って舐め取り、「美味しいよ」と微笑んで桐生のアナルにも塗りたくる。

そこは先ほど叶野が一度吐き出しているから、充分すぎるほど潤っている。

必死に閉じても、こぽりとあふれ出す白濁の感触が自分でも卑猥だ。

「ん……」

「じゃ、今度は僕らをいっぺんに味わってもらおうか」

「部長からどうぞ」

「年功序列かな？」

笑う桑名が桐生の尻を摑んで両側に広げ、ずぶずぶと埋め込んできた。

「……く……う……っ！」

鋭《するど》い切《き》っ先《さき》が潤んだ肉襞を搦《から》め捕りながら奥へと突き進んでくる。叶野の太竿とはまったく違う硬さに声を失い、シーツをかきむしった。

「奥まで届いてるかな？　叶野くんよりも奥に」

「あっ、あん、っひぃ……ぁ……っふかい、あぁ……っ！」

届きそうだ。届いている。

最奥のさらに奥を突かれて、ぐんと背筋を弓《ゆみ》なりにしならせた。

「僕のは結腸まで突いてあげられるようだ。……ほら、きみの奥がいやらしく吸いついてくる音が聞こえる。いいね、最高だ……ずっとこうしていたいよ」

長く硬い雄に突かれるのがこんなにいいなんて。

髪を振り乱して悶えていると、下から叶野が擦り付けてくる。

彼に跨《また》がった形の桐生はむくりと反応している彼の雄にくちびるをわななかせ、ぼうっと宙を見つめた。

「挿れますよ」

「んーーアッ、あぁ、だめ、だめ、むり、あァッ！」

すでに桑名が挿入している状態で、下から叶野がねじ込んできた。めりめりと割り込んでくる彼をきつく締め付ける身体が火柱《ひばしら》のようだ。

中で、二本の男根がねじり合う。

「あ、あぁあっーーふ……こんな……っの……ッ」

ずうんと重い衝撃を受け止めきれず、叫び出す一歩手前で、坂本にぐいっと顎をねじ摑まれた。そして、ひと息にくちづけられる。

「……ッ！」

坂本に、キスされている。

くちびるを甘く吸い取られ、ねじ挿ってくる舌を夢中になって搦め捕った。

「ン、ふ、ぁ……っ」

坂本、坂本。

出会って約十年、いたずらばかりしてきた男なのにくちびるを塞がれて、心臓が痛いぐらいに高鳴る。

喉元を指先でくすぐられ、とろっとした唾液をこくんと飲み込む。

媚肉を擦るように、二本の太竿がうねうねと蠢《うごめ》いているのがたまらない。

大きくて、太くて、蛇《へび》のようにうねる男根たち。

狂おしいほどの快感に振り回されて、桐生は悶えるしかなかった。

めちゃくちゃに腰を振り、ぬぐっ、ずぷっ、と刺さってくる肉塊の弾力《だんりょく》を味わう。

息継ぎさえも許されないような重圧に、はっ、はっ、と短い息が漏れた。

最奥の蜜壺を桑名が突き、前立腺をごりごりと叶野が押し潰していく。

我慢できないほどの愉悦《ゆえつ》に喘ぎたいが、坂本が舌を吸っていて叶《かな》わない。

「ん……ッン……ン……！」

叶野と桑名が自分の中で荒れ狂っているのがまだ信じられない。奪うように、愛おしむように肉竿は蠢き、最奥を突いてきて、蜜を垂らす。

「――は、……くそ、イきそう」

絶頂を堪《こら》える叶野の雄の色香に満ちた声に腰が勝手にむずむずと動いてしまう。

空恐ろしくなるほどの、こんな快感があるのか。

ごりゅごりゅと出し挿れを繰り返す二本の雄の熱さに、背骨がびりびりと痺れ、何度も何度も達してしまう。

坂本がキスをしながらクリップで挟んだ乳首を思いきりねじってきたとき、身体の中で快感が爆発した。

「んーっ……！　ん、ん、っあああぁ……っ！」

びぃんと全身が撓《たわ》むほどの絶頂感に呑み込まれ、孔の奥へとどぷっとしぶきがかかった。

肉輪はきつくふたりを締め付けるものの、飲みきれない精液がどろどろと滲み出していく。

坂本がくちびるを離し、「イけたな」と笑いかけてくる。

「本当にいい顔になった。彼らのおかげだな」

「さか、もと……」

隆々とした坂本の肉竿に向かって口を開いた瞬間、大量の蜜が口内にぶちまけられた。

「あ、あぁ……あ……ぁ……」

噎《む》せそうな濃い精に意識が溶けそうだ。

二度も達してくれた愛おしい男を見上げ、口内に放たれた白蜜をごくりと飲み込む。

頭をやさしく撫でられて、思わず自分からも擦り付ける。

その様子に妬いたか、まだ埋めたままの桑名と叶野が息を切らしながら「俺たちにも」と言って顎をつまんでくる。

ふたりに代わる代わるくちづけられて、桐生はくたりと力を抜いて叶野の胸にうつ伏《ぶ》せた。

「も……これ以上は……」

「なに言ってんですか。俺はまだまだイけますよ？　ねえ部長」

「そうだね。こうして桐生くんの中にふたりで挿ってると、なんだか叶野くんともセックスしてるようだな」

いいですね、そういうのも。

淫靡に笑って、桑名がかたわらの坂本を見上げた。

「今度はきみが挿れてみるかい？　一度ぐらい試したらどうだ」

「そそられるが――俺はこうして桐生の顔にぶっかけるぐらいがちょうどいい」

そう言って、坂本はまだ硬いままの肉棒をぐりぐりと顔中に擦り付けてくる。なにかの拍子《ひょうし》にぬぽっと口の中にねじ込まれそうでドキドキする。

「そんな目をするなよ。言っただろ？　おまえは俺のミューズだ。最高の締まり具合を想像して世界一のバイブレーターを作り上げてやる。そうしたら……」

「そのときは……挿れる、のか……？」

「かもな」

かすかに生まれた期待に口元がほころんでしまう。自分でも簡単だなと思うが、仕方がない。自分のはしたない姿で、坂本は二度も達してくれたのだ。

桑名も、叶野も。

三人の男を虜《とりこ》にしていることをたいして自覚もせずに、桐生は薄く微笑む。けだるげに。妖艶《ようえん》な笑みでもあることにも気づかずに。

「……まだ、したいかも……」

「了解」

「きみを愉しませるために僕らは存在してるんだよ」

桑名たちが再び動き出す。その芯は硬いままだ。

「坂本……」

名前を呼ぶと、坂本が胸に手を伸ばしてきて乳首をつまむ。

熟しきったこの実が、彼らをどこまでも惹《ひ》きつけるのだ。

終章

「坂本、クラウドファンディングの件はどうなったんだ」

朝食の席で問うと、坂本はびっくりしたように目を丸くする。

「うまく行ってるに決まってるだろ？　おまえ、俺をなんだと思ってんだ。もう十万円のコースは完売したぞ。五万円も三万円も。残りは一番安い五千円コースだけだ」

「本当か？」

世の中、想像以上に酔狂《すいきょう》な者が多いらしい。坂本の作る乳首クリップに夢を馳《は》せて投資してくれる人が自分以外に実在するとは。

はぁ、とため息をついてハムエッグを口に押し込む。

とろりと蕩ける半熟たまごは自分好み百パーセントだ。

耳までカリカリに焼いたトーストを齧り、レタスとトマトのサラダを咀嚼《そしゃく》し、コーンスープも口に運ぶ。

桑名と叶野、そして坂本も加えての奇妙《きみょう》な四角関係は冬を越えて春を迎えた今、順調に進んでいる。

三人が三人とも違う個性を持っているから、うまくいっているのだろう。

叶野は一番年下だから焼き餅《もち》を焼きやすいが、隙を狙《ねら》い、すぐにくちびるを重ねてきて得意げにしているのが可愛い。

最年長の桑名は余裕を持って見守っているものの、桐生がトイレに立った際《さい》などにするりとついてきて個室に入り込み、執拗にいたずらを仕掛けてきたりする。

そして坂本と言えば。

「昨日おまえが寝てる間に、乳暈の大きさを測ったら二ミリでかくなってた」

「な、なにしてるんだ！　馬鹿！」

勝手なことをするなと詰《なじ》って、弾む胸を押さえる。

「吸盤もでかくしないと間に合わないな。もっとふくらませてやるから、期待しとけよ」

外見は清廉《せいれん》な印象を保つ桐生の乳首を大きくさせることに、未《いま》だ熱心な男を見ているとため息がこぼれ出る。

なんでこんな男を好きになったんだろう。

強引だから？

勝手だから？

違う、自由だからだ。

枠《わく》に収まりきらない坂本は、どんなときでも桐生を驚かせ、腰を抜かすようなアイデアを持ちかけてくる。

クラウドファンディングで金を無事集め、渾身《こんしん》の乳首クリップを開発したあとは、また馬に突っ込むのだろう。調子に乗っているから、馬鹿勝ちするかもしれない。

——その調子で俺のことも抱いてくれたらいいんだけどな。

淫らな願いを思い浮かべながら苦笑し、綺麗に朝食を食べ終えた。

「ごちそうさま。旨かった」

「よかった。今夜は？」

「会食で遅くなると思う。寝ていていいぞ」

「了解」

いつもどおりの言葉を交わして、桐生はネクタイの結び目に手をやる。きちんと逆三角に締まるそこを確認して、ソファの背にかけておいたジャケットを羽織り、鞄を提げる。

「行ってくる」

「行ってらっしゃい。エロいことされて腰砕けになったら、また電話しろよ」

くすくすと笑い声が追ってくることにふんと鼻を鳴らし、部屋を出た。

三月下旬。まだ空気は冷たいけれど、季節の移り変わりを感じさせるやわらかさを孕《はら》んでいる。花の香りもどこかから漂《ただよ》っている。

満員電車に乗る際はしっかり両手で鞄を持って胸の高さに掲げ、中吊《なかづ》り広告を見上げる。

朝早くの会社に着くと、もう叶野がいた。

桑名も。

オフィスには自分たちだけだ。

「おはようございます。早いですね」

「おはよう桐生くん。今日は叶野くんと示し合わせて、社内でモーニングセックスをしようと決めていたんだ」

「モーニング……セックス、ですか」

「そうそう。やっぱり俺たちサラリーマンにとってオフィスエッチはロマンじゃないですか。夜遅くの社内であなたをひん剝《む》くのも愉しそうだけど、坂本さんの朝食を食べて元気に出社してきた課長を襲ったほうが、もっと燃えるかなって」

鞄を机に置く前にふたりににじり寄られて、あとずさってしまう。

朝から逞しすぎる。元気すぎるのはそっちだ。

そう言いたいけれど、叶野に鞄を取られて手を摑まれ、もう片方の手を桑名に取られる。

温もりを通じて、ふたりの愛情が伝わってくる。

しゅるっとネクタイを器用に解き、ワイシャツの前を開いた叶野が、むっちりと根元からふくらんだ乳首を見つけるなり、ちゅうっと吸い付いてきた。桑名も反対側に嚙みついてくる。

朝から破廉恥《はれんち》だ。

それでも、嬌声《きょうせい》が抑《おさ》えられない。

「あ……あぁ……」

机にもたれ、胸に吸いつくふたりの頭を抱き締めた。

桑名も叶野も愛おしい。

男の胸なのに、こんなに愛してくれるなんて。

「……美味しい、ですか……?」

「ずっと吸ってたい」

と叶野が言えば、

「噛み痕《あと》をつけてしまおう」

と桑名も舌舐めずりする。

ふたりの勢いを止めることは到底できないから、彼らの髪をやさしくまさぐり、桐生は襲いかかる快感に背をのけぞらせた。

始業前に、愛の奉仕《ほうし》だ。

あとがき

こんにちは、または初めまして、秀 香穂里《しゅうかおり》です。

鉄板の複数もので挑みました！　今回めちゃくちゃ楽しかったです。終始一定のテンションを保ちましたが、結構ラブコメのような。

坂本《さかもと》、叶野《かのう》、桑名《くわな》という三人三様の男たちに求められる桐生《きりゅう》は怜悧な美貌を持ち、ストイックで、性的なこととは一切無縁……という顔をしているのに、乳首がむっちりしているという秘密を隠し持っています。そこを想像しただけでもう大変。普通に道行くサラリーマンの胸元をじっと見てしまいます。

そんな淫靡な男たちを手がけてくださった、奈良千春《ならちはる》先生。久しぶりにご一緒できてとても嬉しいです！　お忙しいところ、ご尽力くださったことにこころより感謝申し上げます。

担当様。もろもろ性癖を突っ込んだ話になりましたが、大丈夫でしたでしょうか？　今後ともなにとぞよろしくお願いいたします。

ここまで読んでくださった方へ。乳首がむにっとふくれて先端にスリットが入っているところを妄想しただけでごはん三杯いけますよね。乳首飼育、また書きたいです。

それでは、また次の本で元気にお会いできますように。

Lovers Label

発育乳首

ラヴァーズ文庫をお買い上げいただきありがとうございます。
この作品を読んでのご意見・ご感想をお聞かせください。
あて先は下記の通りです。

〒102－0072
東京都千代田区飯田橋2-7-3
(株)竹書房　ラヴァーズ文庫編集部
秀 香穂里先生係
奈良千春先生係

2020年2月7日
初版第1刷発行

●著　者
秀 香穂里 ©KAORI SYU
●イラスト
奈良千春 ©CHIHARU NARA

●発行者　後藤明信
●発行所　株式会社　竹書房
〒102－0072
東京都千代田区飯田橋2-7-3
電話　03(3264)1576(代表)
　　　03(3234)6246(編集部)
●ホームページ
http://bl.takeshobo.co.jp/

●印刷所　中央精版印刷株式会社

ISBN 978-4-8019-2151-1　C 0193

ラヴァーズ文庫
Lovers Label
国語教師に、毎晩くり返される恥ずかしい時間。
ふれてはいけない
~他人《たにん》×俺《おれ》×弟《おとうと》~
「君がイイ顔で、最後に呼ぶのはどちらの名前かな…」
国語教師の榊彰一《さかきしょういち》は、過去の過ちが原因で、弟の翔《かける》には、何があっても逆らえない。
束縛したがる翔によって、雁字搦めにされている彰一の前に、
妖しい魅力を秘めた、保険医の北見《きたみ》が赴任してくる。
ある日、北見の手管に捕まり、付けられた「秘密の痕」を、
翔に見つかってしまって…。
弟の獣のような独占欲。同僚の狂おしい辱め。
どちらを選んでも手に負えない相手に、彰一は――。
国語教師が二人の男とタブーを犯す、甘苦しい禁断ラブ。
好評発売中!!
著 秀香穂里《しゅうかおり》
画 國沢智《くにさわとも》